異世界二度目のおっさん、
どう考えても
高校生
勇者より
強い
3
八神凪 Yagami Nagi
Illustration 岡谷

主な登場人物
Main Characters
ミズキ
勇者召喚に巻き込まれたフウタ、カナの幼馴染。落ち着いた性格のインドア派。
ファング
旅の途中で拾ったホワイトウルフ。高校生たちによくなついている。
リク
本作の主人公。かつて勇者として魔王を倒した32歳。その力は今も健在で、頼りない高校生勇者をサポートすることに。
リーチェ
リクによって創られた
工精霊。リクの相棒
も言える存在。

ガドレイ
レムニティの部下。
命令には忠実に
従うタイプ。
レムニティ
『高位種《ハイレート》』と呼ばれる
強力な魔族。風魔法を
得意としている。
カナ
勇者として異世界に召喚
された高校生その2。
気の強いギャル。
フウタ
勇者として異世界に召喚
された高校生その1。
弱気になりがちだが、芯の
ある気質。

第一章　帝国への旅立ち

――Side：風太《ふうた》――


僕の名前は奥寺《おくでら》風太、勇者として異世界に召喚された高校生だ。

僕は一緒に召喚された同級生の緋村夏那《ひむらかな》と、その召喚に巻き込まれた江湖原水樹《えこはらみずき》、そして元勇者という経歴を持つ高柳陸《たかやなぎりく》――リクさんと共に元の世界へ戻るための旅を続けている。

少し前に僕達は、ゴブリン達が巣くう渓谷《けいこく》を抜けてボルタニア王国という国に立ち寄り、そこで国王であるヴェロン様の依頼で、その渓谷のゴブリン掃討《そうとう》を請け負うことになった。

ゴブリンを倒すため渓谷に戻ると、そこには父親の謀略《ぼうりゃく》により命を落としたボルタニア王国の元・第一王子のヴァルハンさんというアンデッドが居た。

彼の言葉でボルタニア王国が魔族に蝕《むしば》まれていることを知った僕らは、協力して渓谷に隠れていたドーナガリィという魔族を倒すことができた。

ほぼ全てリクさんがやってくれたので、僕や夏那達が手を貸す場面はなかったけど……

そして次に到着したグランシア神聖国で僕達は新たな魔族幹部と相対することになる。

いつも通りリクさんが倒して終わり……そう思っていたけど、今回は事情が違った。

なぜならリクさんが目の前に現れた魔空将《まくうしょう》レムニティという魔族に対して『前に召喚された世界

で戦ったことがある』と驚いていたからだ。

だけど相手はリクさんを覚えていなかった。レムニティは強敵で、僕達も手伝ったけど、あまり戦力にはなれなかった。

リクさんの奮闘によってそのまま倒せるかと思ったところで、グランシア神聖国の聖女候補で、魔族を憎んでいるフェリスさんという女性が邪魔をして取り逃がしてしまった。

ヴァッフェ帝国で決着を付けようと言い残し、レムニティは飛び去った。

その後フェリスさんは監禁《かんきん》される……はずだったんだけど、彼女はいずこかへ逃亡してしまったのだ。

僕達の素性《すじょう》を知っている彼女を放置したくはないけど、彼女を見つけるよりもレムニティを追う必要があると判断した。

だから聖女のメイディ様にフェリスさんの探索を託《たく》して、僕達は再び旅へと出発することになった。

僕達はフェリスさんのようなリクさんの足手まといにはなりたくない、と思いながら、一路、ヴァッフェ帝国へ向かう――

◆　◇　◆

俺――高柳陸は帝国へと向かって移動する馬車の荷台で地図を広げ、グランシア神聖国の書庫とメイディ婆さんから得た帝国の情報を二人に共有していた。

――ヴァッフェ帝国。

東のほうにある国の一つで、戦いに関して言えばこの世界の中でもトップクラスだ。大陸の統一をしようと企《たくら》んでいた強国らしいが、魔王が現れてからは魔族に攻撃目標を据《す》えているため今は人間相手の戦争は起こしていない。

騎士・兵士・魔法使いとバランスよく部隊を鍛《きた》えており、さらに海が近いので船を持っている。魔法使いも多く、空から強襲してくる魔族相手にも戦えるのが強みである。

「――って感じみたいだな」

荷台には俺と夏那、それと俺が〈創造《クリエイト》〉という魔法で作り出した人工精霊であり、俺の分身とも言える存在であるリーチェが座り、御者台《ぎょしゃだい》には風太と水樹ちゃんがついている。

「……魔王に対抗できる国の一つという見解でいいんですかね？」

俺の説明に風太がそう尋ねてきたので、今までの経験から、俺なりの推測を返してやる。

「兵力の強さがそのまま対抗力になるから、風太の認識で間違いない。ただ、大陸統一を掲げているような脳筋なら膠着《こうちゃく》状態だろうな」

「どういうこと？」

俺の返答に夏那が首を傾《かし》げる。

「攻撃力は特化しているけど、その実、強力な駒《こま》を扱いきれなかったり、作戦がお粗末《そまつ》だったりとかはよくある話だ。だから守勢は問題ないが攻撃に転じた際、相手の罠《わな》に簡単にハマって全滅……なんてことも考えられる」

「戦力を集中させる範囲が限られるから、防衛のほうが楽なんですね」

俺は水樹ちゃんの言葉に頷く。条件や環境で変化はあるが、戦いにおいて『待ち』というのは有効かつ強力な手段だ。

とりあえず一通りまとめると、ヴァッフェ帝国は典型的な軍事国家で戦闘に関しては申し分なさそうである。しかし大陸の統一という野望を持っていたのは危ういという結論になった。

なぜなら俺達が勇者御一行だと知られた場合、ここまで辿ってきた国と違いなんとかして利用しようと考える可能性が高いからだ。

「トップがどんな人物かは着いてからのお楽しみってわけか。まだ先は長いし、少し不安だわ」

と、夏那が飽きたのか寝転がりながらそんなことを言う。

「ま、対策を考えていこうよ。横柄《おうへい》な人だったらどうするとか」

すると風太が落ち着いた様子でそう答えた。

「そうねえ」

さて、夏那が横になったところで話は一段落とし、俺は懐《ふところ》からとある本を取り出して読む。風太と水樹ちゃんはお互いの意見を話し合っているようだ。

現在の状況はグランシア神聖国を出発して一日が経過したところ。

帝国の首都へは真っすぐ向かうと馬車で約十日の道のりで、あと九日もかかると考えれば夏那の先が不安という気持ちも分かる。

「ま、なるようになるか」

地図を見ると途中に町が三つほどあるのが確認できた。最後の町がある森を抜ければ首都は目前という道のりだ。

キャンプ生活を回避できる回数が多いので、キャンプ嫌いである夏那のストレスは軽減されるかと思っていると、不意にリーチェが口を開く。

『そういえば前の世界で魔王に聖王都《せいおうと》が攻められた時は、リクとお師匠さんが敵の罠にひっかかって聖王都から離れた後だったわよね。そうされると守るのも厳しくない？』

古傷を抉《えぐ》る俺の分身に当時の状況を語ってやる。

「……戦力が足りなければああなる。幹部魔族なら騎士団のリーダーだったクレス達でも勝てるが、魔王を止められるのは俺だけだったろうが」

「陽動《ようどう》ってやつですね」

水樹ちゃんとの話を中断して、風太が会話に参加してきた。

「ああ。あの時の俺は、師匠と組んで戦えば魔王を確実に倒せるレベルまで仕上がっていた。だから魔族も知恵を働かせてきたってわけだ。仲間と協力して正面からやれば犠牲はなかったはずなんだよ……ノコノコと誘われなきゃよかった……まさか、魔王自ら強襲に来るとは思わなかったんだ」

「落ち込まないでよ。それくらい戦術が大事ってことなのよね」

夏那が慰《なぐさ》めるような言葉をかけてきて、俺は頭を切り替える。

「ま、そういうことだ。ところでどうだ、水樹ちゃん。魔物の気配はあるか？」

ちなみに俺が御者台に座らず地図を広げているのは、水樹ちゃんと風太の訓練のためでもある。

鍛える内容は、魔物のみならず盗賊《とうぞく》や山賊といったタチの悪い人間への警戒も含まれる。

奴らは馬車の足止めを狙ってくるため、馬への襲撃も気にかけないといけない。

どうせ数日かかるので、三人の望む訓練をするため、御者も俺以外が行うようにローテーションを組んだ。

俺がそんなことを考えていると、水樹ちゃんが俺の質問に答える。

「こっちは大丈夫です！　ハリソンとソアラに〈ウォーターカーテン〉を使っているので襲撃されても大丈夫なようにしています。ね？」

馬車を引くハリソンとソアラのほうに目をやると、水で出来たバリアが二頭を覆《おお》っていた。

彼女がそのまま馬達に微笑みながら語りかけると『ありがたいです』といった感じで二頭が鳴く。

これは特に水樹ちゃんのための訓練で、彼女がこの世界に残ると言うなら、戦いと『この世界の常識』に慣れておかないといけない。

……彼女も連れて帰りたいが、彼女が抱える複雑な事情——高校卒業後、すぐに結婚させられてしまうなど——を知ってしまった今、向こうに帰るのは彼女にとってベストだとも思えない。

個人の意思は尊重すべきだ。

そういう経緯《けいい》もあり、あまり強く言わなくなったが、引き続き帰還の方法は模索《もさく》している。

いつでも帰れると分かれば風太と夏那の二人を先に帰して、水樹ちゃんが一人前になるまで俺がこっちに残ることもできる。

正直、俺も日本に未練はないため、彼女と一緒に残って見守る選択肢も悪くないとは思う。

「僕も注意をしていますから、なにかあればすぐ報告します！」

御者台の風太が元気よく言った。

風太も俺の役に立ちたいという部分が強く出ていて、旅に出てから特に張り切っている。

三人ともレムニティと戦ったことで、自分達の実力が分かったというのが大きいな。

『勝てなかった』『役に立たなかった』という面ではなく、『まだ努力が足りない』という言葉を口にしていたので成長が期待できる。

ネガティブな努力は身につきにくいからな。

……俺の選択はこれでよかったですか、師匠？

もう会うことのない人物を相手に胸中で質問を投げかけていると、いつの間にか起き上がった夏那が地図を見てぶつぶつと呟く。

「ふむ……山と海が近い……って、リク、さっきからなにを真剣に読んでるの？　本っぽいけど」

「ん？　ああ、ちょっとな」

「なーにを読んでいるのよ？」

『エッチな本じゃないでしょうね？』

リーチェと夏那が俺の横へ移動してきたので、俺はメモをたたむ。

断じてエロ本ではないが、これは俺にしか必要がない情報で、信憑性《しんぴょうせい》も低い内容だからだ。

「なんで隠すのよ。やっぱりエロ本……」

俺は疑いの目を向ける夏那を遮《さえぎ》る。

「違うって。今から行く帝国の情報だけど、これはもう知ってるだろ？」

『さっき話していたやつね』

「なるほどね。そういやあの魔族、レムニティ……だっけ？　いつから攻めているか分からないけど、落とせないってことはやっぱり帝国は強いのかもね？」

リーチェが上手いこと誘導されてくれたので話は再び帝国へと移る。

しかしそこで、水樹ちゃんが声を上げた。

「魔物が出ました！　私が魔法で迎撃《げいげき》するから、夏那ちゃん達は援護《えんご》をお願いね！」

「おっと、威勢《いせい》がいいな。……ふん、アシッドアントか。車輪をやられたら面倒だな。夏那は後方を見て、近いやつから魔法で燃やしてくれ」

「オッケー！　ふふ、頑張るわよ！」

荷台からちらりと見えたのは、大型犬ほどの大きさをした蟻《あり》の魔物だった。

「ほどほどにな。風太は手綱《たづな》を離すなよ、ここは仲間を信用するんだ」

「はい！」

風太のいい返事を受けて俺も御者台へ顔を出し、視線を動かして、詳しい状況を探る。

数は十四。他に襲ってくる魔物の姿はなしと。

これなら魔法を当てる練習にもなるかと、俺は見守ることにした。

「〈アクアバレット〉！」

「こっちは〈フレイムアロー〉よ」

女子二人の声が高らかに響き、大きな蟻の頭を吹き飛ばす。

グランシア神聖国で訓練をしている時に気づいたが、夏那は範囲の広い魔法が得意で、細かい操作を必要とする魔法は苦手そうだった。

それで〈フレイムアロー〉という、込めた魔力の量に応じて出せる火の矢の本数を変えられる魔法を重点的に教え込んだ。

水樹ちゃんの特訓でも伝えたが、魔法の威力の高低は、慣れと魔力の使い方によるところが大きい。

で、訓練の結果、最初は二本程度しか出せなかった夏那も、今では最大で五本出せるようになっている。

「よし、成果は出ているわね」

『やるじゃないカナ！』

馬車を追って来ていた三匹の蟻が、〈フレイムアロー〉で胴体を貫《つらぬ》かれて絶命する。

それを見て指を鳴らす夏那と、その頭の上で手を叩くリーチェ。

ボルタニア王国を出てから戦いも少しずつ任せていたが、三匹同時撃破はなかなかの快挙《かいきょ》だと思う。

「前方は倒しました！」

そこで水樹ちゃんが凛《りん》とした声で叫ぶ。前方を確認すると蟻が七匹息絶えているのが見えた。雑《ざ》魚《こ》を一掃《いっそう》するのは水樹ちゃんも上手いな。

「よし、突っ切るよ！　ハリソン、ソアラ少し速度を上げてくれ！」

そして風太の指示で馬二頭の足が速くなる。

俺は念のため周囲を警戒しながら、これはしばらく任せてもよさそうだなと三人の動きを見ることにした。

◆　◇　◆

「ふう……これが帝国の首都に着くまでの最後の町ね……」

『三人ともお疲れ様！』

夏那が疲労をにじませながら呟《つぶや》き、リーチェが労いの言葉をかけた。

これまで基本的に三人が考えて行動し、困ったら俺が助言をするという、冒険者パーティの基礎となる動きを今更ながらやった感じだ。

小型の魔物が多かったため、訓練の一環でほぼ三人に任せていた。訓練としては上手くいったが、高校生組は御者も交代でやっていたし、キャンプも自分達だけで頑張ると奮闘《ふんとう》していたので、三人とも体力と精神の両方を疲弊《ひへい》させていた。

「つ、疲れた……。でも、ちょっと早く到着できたのは良かったですね」

「森を抜ければレムニティとの戦いになりますね」

「すぐに姿を現せばな。ともあれ一週間お疲れさん。今日はゆっくり休むぞ！」

とまあみんなが張り切ったおかげで、旅は順調に進み、無事に帝国領内へ入ることができた。

この町まで七日で到着でき、ここからヴァッフェ帝国首都までは想定通り後二日の距離である。

ただ、気を張って体力や魔力をかなり消耗《しょうもう》しているのと、帝国首都に入ってゆっくり休めるかどうかは怪しい。

だから万全を期すため、この最後の町で丸一日ゆっくり休息を取るつもりだ。

ここまでの道中頑張ってくれたハリソンとソアラにはご褒美《ほうび》として一番いい馬房を貸し切り、良いエサと魔法で出した水を与えて休ませている。

「お前達もお疲れ。ゆっくり休めよ」

「また後でね」

夏那が二頭にそう声をかける。後でみんなと一緒にブラッシングをしてやる予定だ。

そして俺達も宿へチェックインした。部屋に入るとなだれ込むように夏那が部屋に入っていき、ベッドへダイブする。

「三日ぶりのベッド……」

「あ、夏那ちゃん。上着を脱いで〈ピュリファイ〉をかけないと」

「水樹、お願いー……」

「仕方ないなあ」

もう眠りそうな夏那に苦笑しながら、水樹ちゃんは〈ピュリファイ〉を使う。ついでに俺と風太も綺麗にしてくれた。

ひと息ついたところで、コップに魔法で水を出しながら風太が俺に尋ねてくる。

「レムニティが帝国のどこにいるか気になりますね。戦った時はまだ攻めている途中、みたいなことを言っていましたけど」

「それは行ってみないとってところだな。だけどここは帝国首都近くの町。どうするか分かるな？」

「なるほど、情報収集ですね」

風太からコップを受け取って水を飲みながら答えると、寝ぼけた顔を上げて夏那が抗議の声を上げる。

「それならギルドか酒場に行く……ふわ……ねむっ……」

「無理しないで寝てていいぞ。俺だけ行ってくるから」

「どうせご飯を食べる時に外へ出るでしょ？　その時でいいじゃない……あ、もうダメだわ。あたしは寝るけど、行くなら連れて行きなさいよ……」

眠気からか、抗議の勢いはいつもの半分以下だった。

そんな夏那を見て風太が困ったように笑いながら俺に聞いてくる。

「寝ちゃった。リクさん、どうしますか？」

「うーん、別についてこなくてもいいけどなあ。ああ、でも水樹ちゃんはついてきてもらうつもりだけど」

この世界で暮らすなら、なるべく多くの町を見て回るのも必要だ。選択肢を増やす機会は多くあったほうがいい。

レムニティ討伐も重要だが、水樹ちゃんの行く末も最重要課題の一つだからな。

俺のそうした意図が分かっているのか、彼女は笑顔で頷いて答える。

「もちろん行きますよ！」

「なら、とりあえずリクさんと水樹だけ町に出てきたらどうですか？　僕はリーチェと一緒に夏那を見ていますよ。起きたらご飯の時にも聞き込みをするとでも言ってなだめます」

「よし、風太の案でいこう。こっちは頼むぞ、リーチェ」

『任せなさい！　しっかりと見張っておくわね』


とりあえず水樹ちゃんを連れて宿を出ると、早速ギルドへと向かう。

「人通りは普通って感じですね」

「どこも閑散《かんさん》としていたグランシア神聖国が特殊だったんだ。だいたいこんなもんだろ」

「そうかもしれません。それでリクさん　首都に到着したらどうします？」

水樹ちゃんの言葉に俺は少し考える。町中で待機し、レムニティが国を攻めているところに横やりを入れられたら一番いいんだが――

「私、レムニティはすぐに出てこないと思うんです」

「どうしてそう思う？」

「ここへ誘導した理由がなにかあるはずだと思ったからですね。あの場で魔王のところへ戻るわけでもなく、リクさんを挑発するようにヴァッフェ帝国へ来るように言った。もしかすると私達をなにかに利用しようとしているんじゃないかって」

「読みは悪くないな」

「あ、そ、そうですか？　えへへ」

「それと、別の狙いも考えられる。俺達をヴァッフェ帝国に誘導しておいて、自分は魔王のもとへ報告しに戻ったのかもしれない」

「なるほど……私達が魔王のもとへすぐに向かわないように時間稼ぎをしたかったってことですか」

「ま、レムニティの性格上、俺達とすぐに決着をつけたがっているだろうから、その可能性は低いけどな。後は先の戦闘で負った傷もある。そういう意味でもすぐに出てこれないという推測は悪くないんだ」

「ああ……！」

奴ははっきりと俺達の強さを認識していたので、次は風太達を抑える手段を講じてから俺にタイマンを仕掛けてくるに違いない。

……このままレムニティを無視して魔王セイヴァーのところまで行くという手もある。が、ロカリス国で話したギルドマスターのダグラスによるとセイヴァーの潜伏場所はどこかの島らしいので、今の俺達では辿り着くのは難しい。

帝国には港があるので、なにかしらの手段で――例えば、皇帝に恩を売るなどして――船を貰えれば一気に話は進むのではと考えている。

ただ俺の中に懸念があり、魔王のもとへ風太達を連れて行くかどうかは、未だに決めかねている。

「あ、グランシア神聖国で見たのと同じ看板がありますよ。これがギルドですよね」

「そのようだな、偉《えら》いぞ、水樹ちゃん。とりあえず聞き込みを開始するとしようか」

水樹ちゃんが指差した先にはギルドの看板があった。俺は水樹ちゃんを褒めた後、俺を先頭にして中へと入った。

扉には来客を知らせる鐘《かね》がついていて、入った瞬間にカランと音を立てた。

「いらっしゃいませ～」

受付係はそう言って俺達を迎え入れた。

「わ、賑やかですね」

「だなあ」

グランシア神聖国のギルドと違って中は広く、受付と掲示板以外に食堂……いや、酒場が併設されているギルドのようだった。

前の世界にはよくあったタイプのギルドで少し懐かしさを覚える。

「帝国が近いからもっとさびれているかと思ったが、結構人が居るな」

「そういうものなんですか？」

大きな都市が近いと人はそっちに集まるから、この規模で運営しているのは珍しいということを小声で水樹ちゃんに説明をしながら、俺は掲示板を確認する。

その後、バーカウンターのようなテーブルに腰かけて酒場のマスターらしき初老の男へ声をかけた。

「ここは初めてなんだが、なんかおススメの酒はあるかい？　この子には美味いジュースを頼む」

「承知した。お嬢さんはお酒が飲めないのかい？」

「え、ええ」

急に話を振られてびっくりする水樹ちゃんに、マスターはさらに続ける。

「なら、少しずつ飲んで慣れるといい。酒はいいぞ、疲れた体を休ませてくれる」

「そりゃ俺達みたいなおっさんだけだろ？　あと、彼女は成人したばっかりだから酒はまだ早い」

この世界でも十六歳で成人として認められ、酒が飲めるようになる。

水樹ちゃんは確か十七歳って言っていたから、『成人したばかり』という俺の言葉に嘘はない。

だが、あくまで俺達は日本人なので二十歳に満たない彼女に酒を飲ませるつもりはない。

「はは、違いない。ほら、あんたにはこれだ。少しアルコールが強いが美味《うま》いぞ。嬢ちゃんには白ブドウのジュースだ」

ウイスキーのような香りの酒を一口飲むと、辛味がふわりと口の中に広がった。水樹ちゃんもジュースを少しだけ口に含んで味を確かめる。

「これ美味しいですね」

お気に召したようで水樹ちゃんはすぐ笑顔になった。それを見たマスターは満足げに頷いた後、俺の酒に指を向けて口を開く。

「そいつも美味いだろ？　あと最近、エラトリアとボルタニアを繋ぐ渓谷が安全に通行できるようになったらしく、原料の麦が手に入りやすくなってな。来年はもっといいのが出来るだろうな」

「へえ、そいつは楽しみだ」

「ふふ」

適当に相槌《あいづち》を入れる俺に笑う水樹ちゃん。それを成し遂げたのは俺達だと知ったら、マスターはどんな顔をするだろうか。

さて、世間話で雰囲気を柔《やわ》くしたところで質問をしてみるかな。

冒険者のふりをすれば帝国に入ること自体は難しくないだろうが、情勢は聞いておくべきだ。

一日休憩すると決めたことで焦らなくてよくなったのだから、慎重に行きたい。

特に聞きたいのは、帝国と魔族の戦いがどの程度の規模で行われているのかだ。現地の人間のリアルな感想が聞けるのはありがたい。

もし規模感が分からなくても、どの方角からやってくるかなどを聞ければ、情報がないよりはマシだ。対策を立てる指標の一つにでもなればいい。

「いい酒だ、もう一杯くれ。それとつまみも出してもらえるか？」

俺はテーブルに酒とつまみの代金を置いて追加注文をする。

「少し待ってくれ」

マスターは俺が酒が美味いと言うのを聞いてわずかに気を良くしたように見える。そんな彼の背中に質問を投げかける。

「俺達はこのままヴァッフェ帝国の首都へ行こうと思っている。だが、魔族との争いはどうだ？

やっぱり激しいのか？」

「んー？　ま、ボチボチだな。ただ魔族の連中は正面から突撃してくるから双方の犠牲は多いな。だから今は騎士と兵士だけじゃなく、望んだ冒険者にパーティを組ませて遊撃隊《ゆうげき》として雇い入れているみたいだ」

国の防衛は原則、騎士達の仕事だ。ここはどうか分からないが、基本的に騎士は税金から給料を貰っているので、こういう緊急時は率先して前へ出るはずだ。

それでまかないきれず冒険者を雇っていると考えると、魔族が有利なのかもしれないな。

「あまりそういうことってないんですか？」

「冒険者も美味い報酬があれば手伝うと思うけどな」

水樹ちゃんの質問に対し、前の世界じゃよくある話だったので俺はそう答える。しかしマスターが俺の前に酒を置きながら首を横に振る。

「他の国はどうか分からないが、皇帝が冒険者を使うことは滅多《めった》になかった。それだけに現状はみんな驚いている。武勲《ぶくん》を立てれば無条件で騎士に推《お》してくれる特例も設《もう》けているようだ」

……となると、やはり魔族の軍勢は徐々に押しているってことか。

そんなことを考えていると水樹ちゃんが口を開く。

「騎士って簡単にはなれないものなんですね……」

「まあ、給料や待遇がいいからな。だけど訓練はきついし、責任は重い。そこに骨を埋《うず》める覚悟がないとやっていけんよ」

マスターの言う通り、騎士は冒険者と違って自由が少ない。

厳格《げんかく》な規律もあるし、もし勝手な行動をしたら隊が全滅する可能性だってある。だから前の世界では騎士になるためには筆記や実技、質疑応答の面接などの試験をこなす必要があった。

それを踏まえると『武勲があるから騎士にします』はかなり破格な待遇だ。

さらに言えば、冒険者を『遊撃隊』として雇うのも珍しい。

例えばロカリスのプラヴァスやエラトリアのニムロスといった団長の下に置いて運用するなら無茶もしづらいし、言うことも聞かせやすい。

だけど今の話のような防衛任務で冒険者だけでパーティを組ませると、途中で逃げる奴が居たり、壁にならない場合も多々あるんだよな。

それはともかく、普段使わない冒険者を使っているというのは重要な話だ。

戦える兵士と騎士が減っているか、逆にきちんとした戦力を減らしたくないからに違いない。

——つまりこれは俺達にとってはプラスの情報だ。

冒険者だけのチームに潜り込み魔族と戦う依頼を受けて、レムニティを倒す。で、報酬に船を要求するという算段が出来た。

幹部であるレムニティを倒すのは相当な功績になるので、自国の騎士になってくれと頼み込んでくるかもしれないが、それは適当にあしらえばいい。

俺はマスターに礼を言う。

「ありがとう、いい話を聞かせてもらったよ。なら仲間と一緒に魔族討伐隊に入るかな。戦闘が拮《きっ》抗《こう》しているなら小物を倒して稼ぐのもいいな」

「ははは、命がいくつあっても足りないぞ。それにそのお嬢さんに怪我をさせたくないだろう？」

「それは逆だ。冒険者としてやっていくなら実戦経験を積むのが一番いい」

俺はそう言って酒を口にする。

「リクさん……」

すると水樹ちゃんが安心したような顔で呟いていた。

そこで、背後から声がする。

「マスター、その男の言う通り臆病風《おくびょうかぜ》に吹かれていちゃ金は稼げないぜ？　というか君、可愛いな。こんな冴《さ》えないおっさんとじゃなく、オレ達と一緒に行かないか？　色々経験できると思うけど」

俺達の返事を待つこともなく若い金髪の男が水樹ちゃんの横に座り、ウインクをしながらそんなことをのたまう。

年齢は高校生くらいか？　少し赤らめた顔と吐息からアルコールの匂いがするので酔っていることが分かった。

水樹ちゃんは肩に置かれようとした手をぴしゃりと叩いて一言。

「いえ、結構です。私は今のパーティが気に入っていますから。それに冴えないおっさんだと言いますけど、リクさんはしっかりした大人です。あなたは見たところ、私とあまり年齢が変わらないですよね？　知識と経験は彼のほうがずっと豊富だと思います」

「な……!?」

男は一気にまくしたてられて頬を引きつらせる。

水樹ちゃんは日本の実家では押し込められていたが、本来はこういう性格のようだ。ここへ来た時に思った幸薄そうな面影《おもかげ》は、もうどこにもない。

俺がその様子に苦笑していると、笑い声と共に同じパーティらしき人物達が男に話しかける。

「わはははは！　余裕でフラれたな！」

「しかもこっぴどく！　ウケるー!!」

「だからやめとけって言ったろう？　すみません、ウチのメンバーが」

高身長でバンダナを巻いた筋肉の塊《かたまり》のような赤い髪の男に、赤いとんがり帽子を被った茶髪のそばかすがまだ残る女の子。

そして最後に青い髪でシルバープレートの鎧《よろい》が決まっている、ややツリ目がちなイケメンが頭を下げた。

こいつが四人パーティのリーダーってところかね。

「あ、いえ……」

水樹ちゃんは困惑しながらもお辞儀を返す。

やれやれ、ここは大人の出番ってところか、と俺はリーダーらしき人物に対して口を開く。

「酔った勢いで女の子をひっかけるのはギルドじゃよくあることだから気にしちゃいない。けど、ちょっと反論されて固まるようじゃまだ甘いな。ま、これ以上妙な絡み方をするようなら叩き出してやるところだったが」

「面目ない……ほらタスク、無礼を謝れ」

「う、す、すみませんでした……」

「ちゃんと謝ってくれるなら問題ない。四人パーティかい？」

俺がグラスを傾けながらリーダーらしき男に尋ねると、肩を竦《すく》めながら彼は答えた。

「ええ、俺はヒュウスと言います。一応リーダーですが、酔った仲間を抑えることもできない若輩《じゃくはい》者です。申し訳ない」

「私はミーアよ！　あなたの髪キレイよね、お肌もすべすべだし！　ねえねえ名前は？　歳はいくつ？」

「えっと……名前は水樹と言います。年齢は十七歳です」

「年上だった……！　あいた!?」

ミーアの頭を叩いたバンダナの男が名乗る。

「うるさいぞ、ミーア。オレはグルガンだ」

「痛いわね！」

「ふふん、届かねえぞ？　……ぐあ!?」

騒ぎ出した二人に拳骨《げんこつ》を食らわしたヒュウスがため息を吐く。

「ふう、この通りですよ」

ヒュウスは肩を竦めてから三人へ視線を向ける。すると慌てて三人とも視線を逸らした。

「自己紹介はこれくらいにして……お話を耳にして申し訳ありませんが、実は俺達も魔族の遊撃に参加しようと思っています。帝都で会ったらその時はよろしくお願いします」

「お、そうなのか。無茶しないようにちゃんと仲間を見張っておけよ？　特にそのナンパ兄ちゃんは無茶しそうだしな」

「くぅ……」

タスクという男は水樹ちゃんにかっこよく話しかけたのが台無しになったせいか、下唇《したくちびる》をかみながら悔しそうな表情を見せた。

「お互い死なないために頑張ろうぜ。金は欲しいが、命は惜しいからな」

「ははは、そうですね。それじゃ俺達はこれで。いくぞ、タスク」

「じ、自分で歩くって……」

ヒュウスが俺に頭を下げてから、タスクの首根っこを引きずってギルドを出て行く。

「またねリクさん♪」

「む」

最後にミーアが俺に向かって投げキッスをして、水樹ちゃんが不貞腐《ふてくさ》れる。

ミーアはそれを見て満足げに笑い、手を上げて彼らについて行った。

「ふう、なんだったんですかね……」

「ま、ギルドならよくあることだ。水樹ちゃんは美人だし、声をかけられるんじゃないかと思っていたけどな」

「び、美人って……もう、リクさんだってあの子に気に入られたんじゃないですか」

「いやいや、それはないって」

「ふふ、お嬢さん、もう一杯飲みますか？」

水樹ちゃんが口を尖らせていると、マスターが仲裁《ちゅうさい》に入る。

しかしそこで水樹ちゃんがとんでもないことを言い出した。

「ならお酒をください！　なんかイライラします！」

「お、おい、水樹ちゃん!?」

俺は慌てて止める。さっきも言ったが、確かにこの世界の成人・飲酒可能年齢は十六歳で、十七歳と言った水樹ちゃんは酒を飲むことができる。

だが、年長者として、二十歳未満である水樹ちゃんの飲酒を許すことはできない。

そこでマスターが小声で俺に『なら、これはどうです？』と言って背後にある瓶を目線で示した。

それは前の世界でも見たことがある赤いブドウジュースだった。見た目はワインに似ているがアルコールは入っていない。

さっき飲んでいた白ブドウジュースよりも味が渋いので勘違いをさせることができるかもしれないな。

俺はそれならと頷いて水樹ちゃんに出すよう促した。

そして――

「今度は赤い飲み物ですね？　これがお酒？　では……ぷはっ！　うわ、に、苦いです……」

「ははは、お酒はそんなものですよ。お嬢さんにはやはりまだ早かったですかね」

マスターは気を利かせてそんなことをうそぶく。すると水樹ちゃんはまたグイっと飲み物を口に入れた。

「ふふ、大丈夫です！　これくらいならいくらでもいけ……でふ……ねえ……ぐう……」

「おいおい一瞬でダウンか。本当にアルコールは入ってないのか？」

「ええ、確かに……」

「マジか」

マスターの言葉を聞いて、俺は肩を竦めた。

思い込みと雰囲気でここまで飲まれてしまうとは、と。

まあ、俺が居る時でよかった。この世界で本当の酒を飲まされていたずらされる可能性もあるしな。

残り二人も居るし、どうしたもんかと思いながら、俺は彼女を背負って宿に戻るのだった。

◆　◇　◆

「もー、なにやってんの！」

夏那の怒声が響く。

「いやあ悪い。まさかこんなことになるとは思わなかったんだよ」

俺が水樹ちゃんを背負って宿へ戻ると、その姿を見た風太が慌てた声を上げた。

で、その声で目を覚ました夏那が腰に手を当てて怒り出したというわけだ。

まあ友達がこんなことになっていたら俺でも怒る。甘んじて受け入れよう。

「夏那、あんまりリクさんを責めたら悪いよ。水樹が自分でお酒を飲むって言ったんですよね？」

「一応な。でも本物の酒は飲ませてないぜ。ちょっと渋いぶどうジュースを飲んで水樹ちゃんはそうなったんだ」

「ふむ」

正座をして言い訳をする俺を見下ろし、口をへの字にして鼻を鳴らす夏那。少し考える仕草を見せた後、なぜか俺の目の前で正座をして言う。

「では、あたしも水樹と同じ飲み物を所望します」

「なんだって？　まだ寝ぼけているのか？　やめといたほうがいいと思うけどな」

夏那は目を細めて寝ているような顔をしているので、思わず聞いてしまう。

「水樹に飲ませたならあたしと風太もいいじゃない。お酒じゃないんでしょ？　今後、そういう飲み物を飲んだ時に雰囲気に飲まれないよう、練習は必要だと思います」

すると夏那は、そうペラペラとはっきり口にした。

『カナが壊れたわ』

俺もリーチェの意見には賛成だ。そう思っていると風太が後頭部を掻《か》きながら肩を竦めた。

「夏那って寝起きはいいと思うんだけどなあ。でも実は酒場とか食堂の空気になれるはちょっとアリかなって思いました。いつか帰るとしても、この世界に倣《なら》っておいたほうがいいかもと」

風太の、戦闘だけじゃなく、生活なども合わせておいたほうがボロは出にくいのではという意見は一理ある。

今後、よほど必要に迫られない限り、勇者という正体を明かすつもりはない。だから現地人と同じ感覚を持つのは悪くないと俺も思う。

前の世界の俺の師匠のように『できる』奴は細かい行動や仕草で別の国の人間だと見破ってくることもある。この先、ギルドみたいな人が大勢いるような場所に顔を出すなら、それらしく振る舞う必要も出てくるが……

「でも、お前達は日本ではまだ高校生だ、無理して合わせる必要はないと思うが……」

俺がそう言うと夏那がまたもキッパリと言い放つ。

「ダメです。慣れた暁にはあたし達にお酒を飲ませなさい。あいた⁉」

「そのキャラはやめろ、気持ち悪い」

夏那の変な態度をやめさせるべく、俺は彼女の頭を軽くはたく。

「デリケートな問題でしょ？　だからやんわり頼んでいるんじゃない」

「今のが⁉　どう見ても煽《あお》ってたぞ……。まあ、じゃあ飯を食う時に水樹ちゃんに飲ませたブドウジュースなら飲んでいいぞ」

俺が肩を竦めてため息を吐くと、夏那が満面の笑みで眠たげだった目を開いて肩を叩いてきた。

『随分と緩くなったわねえ』

リーチェが呆れた声で言う。

今までは極力異世界に関わらない生活をするためきついルールを課していた。

だが、水樹ちゃんの今後のことを考えると、緩めて様子を見るのは間違いじゃない。俺はそう思うことにした。

『ま、楽しいのはいいけどね。なら今日は早速宴会よ！』

「「賛成ー！」」

俺は騒ぎ出した三人を尻目に苦笑する。

レムニティの話からこの世界にも魔王セイヴァーがいることが分かったので、奴を倒せば元の世界に帰れる可能性はかなり高い。

しかし俺の時のように倒した直後に帰還するのであれば『トドメを刺した人間しか帰れない』可能性もあるのではと最近は考えている。

そうなると戻れない人間が出てくるので、この世界に馴染む意味も大きくなってきたというわけだ。

「それじゃお腹もすいたし、ご飯を食べに行きましょうよ！」

『急に元気になったわね。ミズキはどうするの？』

「水樹はまだ寝て……おや」

「ううん……あれ？　ここは？」

「お、目が覚めたのか水樹ちゃん。調子はどうだ？」

『はい、メガネよ』

「ありがとう、リーチェちゃん」

飯を食うにしても水樹ちゃんを一人にできないと思っていたところで目を覚ましてくれた。リーチェが眼鏡を渡すと、目をパチパチさせながら背伸びをする。

「んー。調子は……なんか凄く体が軽い気がします！」

「マジか」

本日二回目の驚きだ。ギルドで飲んで眠ってから三十分程度だが、恐ろしく体力回復が早いな。

ちなみに俺も勇者として色々な能力があるのだが、これもそうかもしれない。

やっぱり水樹ちゃんも勇者の素質があると考えてよさそうだ。そう考えるとアキラスが水樹ちゃんを勇者から除外した理由がますます分からない。

ま、今それを考えても仕方がないし、レムニティをどうにかするほうが先だ。

とりあえず俺は三人の話に耳を傾ける。

「今からご飯に行くんだけど食べられそう？」

風太が水樹ちゃんに気遣うような言葉をかける。

「うん、お腹は空いているから大丈夫だよ。そういえば私、お酒を飲んだんだっけ」

「それ、リクさんによるとお酒じゃないらしいよ。でもそれで眠って帰ってきたんだよ」

「え、あれお酒じゃなかったんですか⁉」

風太のネタばらしに水樹ちゃんが顔を赤くし、口に手を当てて驚いていた。酒だと思い込んでダウンしたと聞かされれば恥ずかしいよな。

『あんなにぐっすり寝ちゃうなら人が居る前だと、嘘でもお酒だって言ってジュースを飲ませられないわねえ』

「うう……」

「まあ、目が覚めるのは早かったから、その点はよかったかな。とりあえず飯だ。ギルド帰りによさそうな店を見つけたんだ」

俺が宿に戻る途中で見つけた酒場と食堂が一緒になった店について話をすると、そこがいいと高校生三人から賛成を得た。ギルドでもよかったが、さっきみたいに絡まれそうだからな。

夏那と水樹ちゃんは一度睡眠を取ったおかげかテンションが高く、宿を出てからも足取りは軽かった。

その後到着した食堂で、約束したものを注文することになった。

……そして――

「あははは！　リク、これ美味しいわねー！　リーチェも飲もう！」

『ええー……ちょっとカナ、掴まないでよ』

「こら、リーチェを出すんじゃない！」

「くっ……僕はダメな奴だ……リクさん、どうすればもっと強くなれますかね!?　モテたいんです！」

「こくこくこくこく」

「面倒臭いなお前ら……!?　あ、こら水樹ちゃん、慣れてないんだからそんなに一気に飲んだらダメだ！」

――ほどなくして全員が酒場とブドウジュースの雰囲気に飲まれ、妙なテンションになっていた。

何度も確認したが、酒は一滴も入っていない。それでも大変なことになってしまった。

笑いながら絡む夏那はまあよくいるタイプだけど、風太はネガティブ思考になって絡んできて、さらにいつもは言わないことを口にする面倒なタイプだった。

そして水樹ちゃんは無言で大して美味くもないジュースを水のように飲んでいく……

「リクさん、おかわりを……！」

「好きなだけ飲んでくれ……」

おかわり要求してきた水樹ちゃんのコップにブドウジュースを注ぎながら、俺はため息を吐くのだった。

◆◇◆

――翌朝、宿の一室。

「酷い目に遭ったわ……半日寝て過ごしたのはいつ以来かしら……」

「僕はすぐに回復したけど、宴会って怖いな」

「私、凄く気分がいいから御者やるよ！」

夏那は寝不足で、風太は割と普通だ。

しかし水樹ちゃんはいつもより元気がいいくらいだった。

『ミズキが凄く元気だ……うう、カナ、あんた本当のお酒を飲んじゃダメよ……』

「あたしはいつか飲むわよ？」

『ええー……』

宿に戻って寝た後は、三人ともハイテンションになった揺り戻しかぐっすりで、予定通りゆっくり休むことができた。

夏那が寝るまでおもちゃにされたリーチェには酷《こく》かもしれないが。

特に水樹ちゃんはいつも以上に元気になっているので、最初に眠ってしまう以外に害はないと判断できる。緊急時じゃなければたまにああいうことがあってもいいのかもしれない。

まあそんないつ来るか分からない次のことはいいとして、三人が回復したところで町を出発した。

ほどなくして俺達は馬車に乗って森を走っていた。ハリソンとソアラも十分に休めたようで足取りが軽い。

「で、帝都に入ったらそのままギルドに直行？」

水樹ちゃんと一緒に御者台に座る夏那が、首だけ振り返って俺に尋ねてきた。

「そうだな。だけど状況によっては少し様子見をするつもりだ」

俺は首肯《しゅこう》する。

「どうしてですか？　魔族に対する迎撃作戦に参加するんですよね」

「それはもちろんだ。ただ、あいつらがどの程度の戦力で攻めてくるのかを一度見ておきたい。ついでにどうやって迎撃するのか考える」

「それでレムニティが出てきたら……」

　水樹ちゃんが不安そうに聞いてくる。

「その時は当然戦いに出て行く。どういう経緯でもあいつを押さえれば、船を貰う交渉のテーブルにはつけるだろうし」

『殺さないように情報を得るのだけが難しいわね』

　リーチェが真面目な顔でそう告げると二人が頷く。

　目標が決まっているので後はそれを遂行《すいこう》するだけ。

　しかしイレギュラーな事態はいつでも不意に訪れるから慎重にいきたい。

　特にヴァッフェ帝国には知り合いが居ないし、メイディの婆さんからあえて紹介状も貰わなかったからな。

　いつも通り勇者であることを伏せて活動する予定だ。

　そしてしばらく進むと、森を抜けた。俺達は少し高い丘に居るらしく、眼下に壁で囲われた巨大な都市が目に入る。

「あ、見えてきましたよ」

「うわ、あれが全部町？」

　水樹ちゃんがそう言い、夏那が嘆息《たんそく》する。

「城塞《じょうさい》都市と呼ぶに相応《ふさわ》しいって感じだな、これは」

「早く行こう、水樹！」

「うん！　ハリソンさん、ソアラさん、もう一息お願い！」

夏那が興奮気味に水樹ちゃんの肩を揺すり、馬達が少しだけ加速する。

周囲には魔族の気配はなさそうだが……レムニティ、今度こそお前達の状況を吐いてもらうぞ――

◆◇◆

ほどなくして門に近づくと険しい顔をした門番が声をかけてくる。

「止まれ。四人とも冒険者か？」

「ああ、一応な。すぐに町へ入れるか？　グランシア神聖国から来たんだが、馬も俺達もクタクタでな」

「ああ、見たところ怪しいところはなさそうだし、持ち物検査が済めば別に構わないぜ。ギルドカードがあると話が早いぞ？」

「いや、持ってないな」

「冒険者なのに、か？」

俺の返答に、門番は怪訝《けげん》そうな表情を浮かべる。

「ギルドで依頼を受けるタイプの冒険者じゃなくてな。どうすればいい？」

俺がそう尋ねると、門番は不思議そうにしながらも、金を払えばいいと説明してくれた。

「別に商人とか旅行者を通すこともあるから構わんが、冒険者ならギルドカードを持っていたほうが楽だぞ」

「そうだな」

そう言って門番は持ち物検査をした後、快く通してくれた。魔族との戦いが激しいと聞いていたからもう少し渋ると思ったがそこは助かった。

ボルタニア王国ではロカリスからの書状があったし、グランシア神聖国では婆さんの予知で中に入れたから、ギルドカードを使う場面がなかったなと俺は思い返す。

普通の冒険者を装うならやっぱり必要かねえ？

そんなことを考えていると、門番が尋ねてきた。

「この町は初めてか？」

「だな。魔族が攻めてきていると聞いているが、様子はどうだ？」

「さすがに冒険者なら知っているか。魔族との戦いは可もなく不可もなくってところだ。それを知っていてここへ来るってことは仕事目当てだな」

「そこはご想像にお任せするよ。終わったなら行くぜ」

「ごゆっくり」

そして、俺達はいよいよ帝都へと足を踏み入れる。

注意深く周囲を確認しながら馬車を進ませていると、夏那が町の壁を指さしながら口を開く。

「あれ、なんだっけ？　クロスボウ？」

「よく見えるな。似たようなものだがあれはバリスタだな」

「え、コーヒーですか？」

水樹ちゃんが首を傾げながらそんなことを言い、俺と風太がずっこける。

「弩弓《どきゅう》って言ってな。機械仕掛けとまではいかないが、ギミックを駆使《くし》して重い矢とか石、火炎《かえん》瓶《びん》みたいなものを飛ばして攻撃する兵器だな」

「ゲームなら矢を飛ばすものが多いですけど、火炎瓶も飛ばすんですね」

風太がそんな感想を述べる。

「ああ、そうやって色んな飛び道具を臨機応変《りんきおうへん》に使えるのが利点だな。攻撃にも守りにも使える優秀な兵器だ。特に魔法が苦手な人間には必要だと思う」

前の世界だとグラシア王子に作り方を教えて使えるようにしたことがある。それが懐かしいなと思いつつ説明をしながら、俺は街並みを観察する。

雰囲気は他の町と同じ感じだが、人通りはグランシア神聖国やボルタニア国に比べると多いと感じる。

ここより以前に行った国の街と比較しても全体の広さが段違いというのもある。

そして俺の視線がとある場所を捉えた時、水樹ちゃんが誰にともなく呟いた。

「あれがお城ですね。門から一番遠い場所にあるのは防衛のためですよね」

水樹ちゃんの鋭い読みに俺は付け加える。

「ああ、もちろん防衛だ。しかも城の後ろは山になっているだろ？　大部隊で攻めにくい構造になっているのが軍事国家っぽいよな」

「挟み撃ちは受けないってところか。魔族は空を飛べるから警戒が必要だけど」

風太が難しい顔をしながら分析をする。

魔族との戦いは五十年続いているらしいからもう少し魔族対策をしていそうなものだが、バリスタ以外に対空兵器がある様子はない。

そして見る限り、城に結界も張っていないようだ。魔法より武器による戦闘技術が高いのか？

逆に言えば、魔法が弱いから他国に攻め込むためのあと一歩が届かないとも言えるか。

俺がそんな風に思っていると、夏那が聞いてきた。

「今回、お城には行かないのよね？」

「ああ、冒険者として魔族討伐に参加するつもりだ。さて、ギルドがどこにあるか聞いてみるか」

「あたしが聞いてみるわ。……すみませーん、ギルドってどこにありますか！」

訓練や町の散策を解禁したおかげで、夏那はさらに明るくなった気がする。持ち前の積極性で町人に話しかける姿は吹っ切れているようにも見えるな。

そして、夏那に呼び止められた気さくそうなおばさんが話を聞いてくれた。

すぐ回答が得られて、夏那は頭を下げたあと、手を振っておばさんを見送る。

「――ありがとうございまーす！　……えっと、二つ向こうに大通りがあって、その並びの真ん中あたりにあるらしいわよ」

『二つ向こう……本当に広いわね、帝都……だっけ？』

「帝国は向こうの世界にはなかったから、リーチェは聞き慣れないか。まあ、でかけりゃいいってもんじゃないが……それは後で説明してやるよ」

「ハリソン、ソアラそこを左にね」

水樹ちゃんの言葉に二頭は『分かっています』と言わんばかりに小さく鳴き、ほどなくしてギルドへ到着した。

少し離れた厩舎《きゅうしゃ》へ馬車を預けに行った風太を待ちながら、俺達はギルドの建物を眺めつつ談笑していた。

「ここもでっかいわねー。リーチェ、あたしのポケットに入っとく？」

『そうするー』

夏那が建物を見上げながらそう言い、リーチェが夏那の胸ポケットに入り込む。

「ふふ、仲いいわね二人とも。……風太君は……あ、来た」

水樹ちゃんが二人のやりとりを微笑ましげに見ていると、風太が戻ってきた。

「いやあ、厩舎も大きいですね。馬車用の番号札をくれましたよ、たくさんあって管理しきれないんだとか」

「魔族と戦うために冒険者を集めているみたいだから、それくらいはするだろうな」

風太にそんな返答をしながら、俺を先頭にしてギルドに入る。全員万が一に備えて武器を持っている。

「もしかしていい国なのかしら？」

夏那が俺の後ろについてそんなことを口にするが、俺は逆だと考えている。

冒険者を盾にして戦闘をすることで、自国の兵士の犠牲《ぎせい》を減らそうとしているのだろう。

待遇をよくすれば冒険者《おれたち》への心証はいいし、次の戦いも気分よく戦えるというものだ。嘘も方便ってやつだな。

それと人間同士ではなく『得体の知れない相手に戦う』という条件もいい方向に働いていると思う。

自分達と違うモノを排除したがるのは人間の習性だ。魔族相手に人間同士が団結することを国が利用していてもおかしくない。

「……ってのは、いくらなんでも戦いに毒されすぎているかねえ」

「どうしたんです？」

「いや、なんでもない。受付に行こう」

俺のぼやきに反応した風太の肩に手を置いて、いくつかある受付の内一番近いものに真っすぐ向かう。すると隣でなにか説明を受けていた女の子が俺に気づいて声をかけてきた。

「あっれー！　リクさんにミズキちゃんじゃん！　やっぱこっちに来たんだー！」

「お前達か。ええっと、ミーアだっけ？」

声の主はひとつ前の町で出会ったパーティのミーアだった。俺が名前を口にすると、口笛を吹いてこちらに来た。

「おお、ちゃんと覚えてくれていたんだ。ありがと♪」

「……うっす」

「その節はどうも」

悪酔いして絡んできたタスクは少し気まずそうだ。眼鏡をくいっと上げながら口を開く水樹ちゃんの態度も心なしか冷たい。

他のメンバーはそういったわだかまりがないので、ミーアは笑顔で俺とハイタッチし、向こうに居るヒュウスは俺と目が合うと軽く会釈《えしゃく》をしてきた。もう一人のメンバーであるグルガンは、なにか書いているところだった。

「えっと……」

「……誰？」

そういや風太と夏那は初顔合わせだったか。詳細まで話していなかったので俺は二人へ説明することにした。

「ああ、ほら、水樹ちゃんがバーで寝る前に絡んできた奴らが居たって言ったろ？　それがこいつらだ。とは言っても実際に絡んできたのは、そこでしょんぼりしているタスクって奴だけだが」

「あー、その時の。……というかリク、随分とその子と仲がいいわね」

夏那は怪訝そうな目線をミーアに向ける。するとミーアは不敵に笑って口を開く。

「ふっふっふ……すでにリクさんとは親友だからね！」

「なんですって……！」

「嘘つくなミーア。夏那も本気にするなっての」

「むう」

なんかよく分からないが、夏那がむくれてそっぽを向く。

とりあえず受付の前にヒュウス達がなにをしているのか聞いてみることにした。

「依頼かい？」

「いえ、魔族討伐の参加をするために書類を提出しているところですよ。リクさん達は？」

今、契約をしているということは、どうやらほとんど同じタイミングでここに来たようだ。様子見をしてもよかったが、知り合いが居るとなると合わせておいてもいいかもしれない。

「なるほど例のか。俺達もそのつもりで来た」

すると別の受付の女が手を振って大声を上げてきた。

「そうなんですね！　こっち、こっちでやってますよ！　是非！　この受付で!!」

物凄い勢いで勧誘《かんゆう》してくるな。そんな受付の子を見て水樹ちゃんが眉を顰《ひそ》めて言う。

「なんか必死ですね……？」

「怪しいから向こう行かない？」

夏那も引き気味にそう提案する。

「受付に怪しいもなにもありませんからね!?」

ガターンとテーブルに手を打ち付けながら抗議の声を上げる受付の子。なかなかツッコミが鋭い子だなと俺は苦笑する。

「ま、冗談はこれくらいにして話を聞くか」

「そうですね、ふふ」

水樹ちゃんが口に手を当てて笑う。俺達はヒュウス達に手を振り、騒がしい受付へ集合する。

さて、冒険者の待遇や命令系統はどうなっているのかね。俺は周囲に注意を向けながら受付嬢へ声をかけた。

第二章　魔族遊撃隊の条件

「はい、いらっしゃいませー！　いやあ、お客さん運がいい！　釣り船に乗ったつもりでわたし、ペルレにお任せください！」

紫髪をショートボブにした妙に元気な受付嬢が、丸めた紙で机を叩きながら怪しい口上を述べる。

高校生組はテンションについていけず訝《いぶか》しんだ顔で口を開く。

「また微妙な間違いをするなあ……というかそういう言葉、あるんですね」

「泥船じゃないだけマシなのかしら？」

風太の感想に対して夏那が的外《まとはず》れなことを述べる。

「そういうことじゃないと思うけど……そういえばグランシア神聖国のキャルさんも元気な方でしたよね」

「ほう、ライバル発生の予感……！」

ニヤリと笑みを浮かべるペルレと名乗った受付嬢。

このノリで毎度脱線されてはかなわないので、俺はさっさと話を進めることにした。

「そういうのはいい。聞きたいことがある。魔族討伐へ参加するにはどうすればいいんだ？」

俺が片腕をテーブルに預けてペルレに詰め寄る。すると彼女は咳払いをした後、四枚の書類を俺達の前に出してきた。俺達は顔を見合わせてからそれぞれ一枚を手に取り、内容を確認する。

契約書類であればきちんと目を通さないといけない。これは異世界だろうが日本だろうが同じだ。

とはいえペラ紙一枚程度なのでそれほどかからないだろうと視線を動かす。

「ダイコン、ニンジン、パプリカを帰りに買う……？」

「明日の勤務を誰かに代わってもらう？　なによ、これ」

随分と庶民的な内容を水樹ちゃんが口にし、夏那が語気を強めた。するとペルレはサッと紙を奪い取り、視線を逸らして言う。

「おっと失礼、それはわたしのやることリストでした」

「なんでそんなものが出てくるんだ……」

風太が呆れた顔でツッコミを入れると、ペルレは別の紙を手渡してきた。

俺達が再度顔を見合わせた後に紙へ目を向けると――

・魔族襲来時は冒険者が先頭に立って戦うこと。
・基本的に遊撃はポジション内であれば自由に行っていいがなんらかの作戦がある際は帝国兵の

指示に従うこと。
・帝都の外での哨戒《しょうかい》をローテーションで行ってもらう必要がある。
・また、交代で昼夜の町の中も哨戒してもらう。

——そういった決まりごとが箇条《かじょう》書きで書かれていた。

ここまでは任務のことが書かれていたが、続きはいわゆる福利厚生《ふくりこうせい》のようなものが記載されているようだ。

「この哨戒ってなに？」

俺は夏那の質問に答える。

「ああ、簡単に言えばパトロールだよ。見回りって感じで考えていい」

「あー、なんか聞いたことあるかも？　えっと、まだあるわね」

俺達は続きの待遇についての記載に目を通す。

・戦闘で負傷した怪我の治療費は全て帝国が持つ。
・装備の修繕費《しゅうぜんひ》は発行した証明書を鍛冶師に持って行けば無償《むしょう》とする。
・魔族戦で減った消費アイテムは申告することで補充対象となる。ただし元の数を最初に報告しておくこと。
・討伐依頼を行っている間は通常の依頼を受けることはできない。その代わり、月に一人金貨五枚を支払う。
・死者が出てしまった場合はパーティ、もしくは家族に見舞金を支払うこととする。

一通り読み終わると、風太が口を開いた。

「……結構いい条件だと思いますけど、リクさんはどう思います？」

「そうだな――」

前の世界での経験がある俺に言わせれば、『破格』といっていい条件だ。

特に給与が一人ずつ出るのが驚きだ。さらに修理と道具の補充ができるとかな。

「――本当にこの条件なのか？」

俺が訝しげに聞くと、ペルレは大仰に頷いた。

「ええ、間違いなく。あなた方のように噂を聞きつけて他国からやってくる人がいるくらいにはいい条件ですよ」

「それじゃあ結構な数が集まっているんじゃない？　お金って大丈夫なの？」

夏那が俺の聞きたいことを尋ねてくれる。実際、いつからこの施策をやっているか分からないが、十年程度でもかなりきついと思う。

「いやあ、負傷して戦線離脱する人や大怪我で引退する人なども居ますからねえ。そもそも魔族に歯が立たないという人もたくさんいます。だから国庫を圧迫するほど冒険者がいないんですよ」

さらにペルレが言うには、魔族との戦いになった時に実力は見るそうだ。

騎士も随伴《ずいはん》してある程度助けに入るみたいだな。上限も決めているそうなので、いくらでも契約するわけではないと言う。

「思ったより魔族は強いんだな……。ボル……あ、いや、僕達がこうして無事なのは、リクさんが強いからだってよく分かるよ」

ボルタニアと言いかけて止めた風太は、あの国で俺が倒したドーナガリィのことを思い返しているようだ。

ただの冒険者や騎士が奴と戦うとなれば、あの追尾する黒い矢に苦戦すること必至だからな。

レムニティに至っては風太も手合わせしているから分かるだろうがさらなる強敵だ。だから帝国も何十年と戦い続けていて、こういった施策を出さざるをえないのだろう。

そしてペルレがこの話をする時に真面目な顔になったのを、俺は見逃さなかった。

恐らく、冒険者との契約が財政を圧迫してないとは言っても、戦況はそれほどよくないのだろう。

ゆえに彼女は無理して明るく振る舞って、契約に結びつけようとしている気さえする。

「さあさあ、というわけで条件は以上です。契約は簡単！　福利は充実！　そして契約できればわたしの懐も潤《うるお》うという好循環！　やりますか？『イエス』か『はい』でお答えくださ……たたたたたた!?」

「リクさん!?」

気がつくと俺はペルレの頬をつねっていた。慌てた風太が口を開く。

「おっと、いかん。つい手が出た」

「リクが感情で動くとか珍しいわね」

夏那がそんな感想を口にする。

「俺も人間だ、イラっとしたらこうもなるぞ。まあ、契約はさせてもらう。そのために来たからな、サインだけでいいのか？」

俺が紙に指を置いてペルレに尋ねると、彼女はつねられた頬をさすりながら答えてくれる。

「あいたた……では、ギルドカードの提示をお願いします」

「持ってないぞ」

「そうですか持ってないんですね！　じゃあしょうがないか……持ってないんですか!?」

「おお、見事なノリツッコミね」

夏那がパチパチと手を叩いていると、ペルレが口を開く。

「言葉の意味は分かりませんが、馬鹿にしましたね……？」

「まあ……」

「後で覚えていなさい。まあ、それはともかくギルドカードがないのは困りましたねえ。リスト作成に必要なんですよ。誰が居なくなったかは名前だけだと把握しにくいので」

ペルレの言うこともももっともだ。人数が多ければ顔と名前が一致しにくくなる。

だからギルドカードを元にしたリストで点呼《てんこ》をすれば、逃げた奴や死んだ人間の把握《はあく》が楽になるといった感じか。

「後はランクでふるいにかけるんですよ」

三人にギルドカードを持たせてこなかったが、ここでは必要らしい。説明通り、実力不足で簡単に死にそうな人間はここで落としているのだそうだ。

「ランクか。どうやって決まるんだ？」

「主に現状の戦闘力が加味されますね。プレートを作るときに魔法で身体情報を調査すると初期ランクが浮かび上がるんです」

「分かった。ダメそうなら契約は諦めるよ」

「結構です。それでは作成に移りましょうか。……えっと、おじさんからで？」

おっさんの俺がリーダーだと認識したペルレが声をかけてきた。

「ぷふ……おじさん……」

「うるさいぞ、夏那。俺はリクという」

とりあえず俺が最初に作るほうが後の三人は楽になるだろう。

「では、おじリクさんから作成しましょう！　この金属のカードに手を触れてください。その下にある石板が魔力とかそういうのを読み取ってランクを出します」

ペルレはそう言って上部にカードがはめこまれた石板を取り出した。

ふざけた呼び名は置いておき、俺は前の世界と似ているが細部が異なるなと思いながら、手を乗せる。すると石板が鈍《にぶ》い光を放ち始めた。

「おお……！」

「こんな感じなんだ」

背後から覗《のぞ》き込んでいる夏那と風太が色めき立つ。しばらく待つと、光が強くなってきた。

「ん!?　なんですかこの色！　ちょっと強い気が……」

焦るペルレだが、工程自体は問題ないようでそのまま見守っていた。

「お。終了か？」

「ですね」

光が消えたので聞いてみると、ペルレは頷いた。カードから手をどけるとなにも書かれていなかった金属カードに、名前などが記載されていた。

「えっと、リクさんのランクはどうですかねえ？　いい歳ですし、Eランクくらい……え、なんですこれ!?」

驚愕するペルレの声に俺は視線を逸らす。こういうのがあるから作りたくなかったわけなんだがな。そう思っていると、夏那が覗き込んでいた。

「えっとランクは……Aランク？　これっていいの？」

Aか。カードに載る能力を解放しないようにしたんだが、それでも高ランクが出たもんだな。

「かなり高いです……この上だとSとダブルSがありますけどね。でも十分な強さですよ」

「ま、リクなら余裕よね！　Sランクでもおかしくな……ふぐ!?」

俺は夏那の脇腹を小突く。

「んじゃ次行こうぜ。風太、やってみたらどうだ？」

「あ、はい！」

夏那には『余計なことを言うな』と小声で耳打ちしておいた。ただでさえランクが高いことでペルレが驚いているのに、これ以上面倒を増やされては困る。

「フウタさんですね。ではこちらへ――」

「こうですか？」

風太が俺と同じ工程をやると、ここでもペルレが驚くことになった。

「B……!?　さっきの方達と同じ……冒険者始めたての人は最低のFが普通なのに……」

どうやらヒュウス達と同じランクらしい。今、いきなりカードを作ることにしたいわば素人冒険者が妙に強いのは目立つか。

そしてここもランクはFからスタートするようだ。前の世界でも一人前として扱われるのはCランクからだったのでBランクスタートというのはやはり驚きに値するのだろう。

続いて水樹ちゃんが行う。

「あ、Bランクですね！」

「ほわああ!?」

「次はあたしね。……まあ、二人がそうならあたしもBランクよね」

「ほぴょろろろ!?」

水樹ちゃんに続いて夏那もやるとやはりBランクという結果になり、ペルレが奇声を上げて悶《もだ》えていた。忙しい奴だなこいつ。

「な、何者ですかリクさん達は……」

「色々あって実戦経験は豊富なんだ。冒険者として登録する必要はあまり感じなくてな」

「それにしても――」

「契約はどうだ？　できるのか？」

なにか言いたげなペルレだったが、俺が契約の紙をひらひらさせて促すと、彼女はハッとした顔でサインする書類を差し出してきた。

「もちろん可能ですよ！　これは戦力の増強になりますね！」

満面の笑みを浮かべるペルレに苦笑しながら、俺達は契約を済ませて魔族討伐の参加資格を得ることができた。

金はともかく、レムニティの情報がどこかで手に入る可能性があるのはでかい。

ヤツは致命傷に近い状態だったから、しばらく表に出てくることはないだろうからな。

……できれば弱った状態で生け捕りにするのが望ましいんだが、それは欲張りすぎか。

「はい四名様、確かに承りました！　これが契約の証明書になりますから、失くさないようにお願いします」

居酒屋の店員みたいな掛け声を出すペルレからギルドカードとは違ったプレートを受け取る。

「わ、キレイな金属の板ですね。これはなんのカードなんですか？」

水樹ちゃんが目を輝かせながら首をひねる。

「我が国は鉱石が有名で、これは魔力が通りやすい金属のプレートを使っています。加工が難しい金属なんですが、帝国にはそれができる凄腕の鍛冶師が居るんですねえ。だから単純に装備品を直すためにこの国へ来る人も居るんですよ」

ペルレが少し得意げにそう答える。

「へえ、そうなんだ。おしゃれね、コレ」

証明書となるプレートを夏那が掌に置いて笑顔で見ていると――

「なんだ？」

「鐘の音？」

外で大きな鐘の音が鳴り響き始めた。

俺と風太は思わず天井を見上げてしまう。

「これは⁉　まさかこのタイミングで登場とは……」

焦った顔を浮かべるペルレに、俺は質問をぶつける。

「ペルレ、この音はなんの合図だ？」

鐘の音が響いた瞬間、ギルド内に緊張が走った。さっきまでおちゃらけた様子を見せていたペルレも真面目な顔で冷や汗をかいている。

そんな彼女は受付の下から瓶を出しながら俺の問いに答えてくれた。

「これは敵襲を告げる鐘の音です。すなわち……魔族が襲来してきたことになります」

「皆さんついてきてください！　ペルレ、急いでね！」

別のギルドの職員がそんな声を上げて冒険者達と外へ飛び出していく。その様子に目を白黒させながら夏那が口を開いた。

「おお……た、戦うのかしら？」

「リクさん達はわたしについてきてください！」

ペルレはそう言って受付から出てギルドの出口へ向かう。

「契約したばかりだけど……」

「話は後だ。あいつが居るか確かめるぞ」

「はい……！」

けたたましく鳴り響く鐘の音を聞きながら、俺達はペルレの後を追う。ギルドを出たところで俺はペルレに尋ねる。

「受付嬢がなんで外に出るんだ？　危ないだろ」

「わたし達もギルドの方針で冒険者や騎士達のバックアップに回るからです」

彼女はそのまま振り返らずに回復や道具の運搬《うんぱん》などをするため戦場に出ているということを教えてくれた。実際、ペルレは外に出てから荷車に瓶を載せて引いていた。

自分が受け付けたパーティのサポートをメインに騎士達と立ち回るとのこと。

「気づいたかどうか分かりませんが、渡した証明書の色が受付嬢のスカーフと同じなんです。……ほら、あの人達なんかもそうですよ」

「あ、首から下げている証明書の色が一緒ですね」

水樹ちゃんがペルレの指差した方角を見てそう答える。

続々と集まってきている騎士と兵士達を見ると、俺達のものとは別の色をしたプレートが彼らの鎧の肩に埋め込まれていた。

受付嬢を中心に色分けした人間を『部隊』として考える感じだな。部隊分けをしているのは分かりやすくていい。

「でも受付嬢が戦場に出るって危なくない？」

「ま、その分お給料は頂いていますよ、カナさん。そして鍛えてもいます！　さ、今日登録してすぐとはついていないですが、高ランクの四人にはお仕事をお願いします！」

「戦うのね。任せて！」

「結構。ではここで待ち構えます！　リツさん達は広がるように前へ」

ペルレはやる気を見せる夏那にニヤリと笑いかけ、引いてきた荷車を広場に止めて、俺達に散開するよう指示をする。

それと同時に俺達と同じ色のプレートをつけた冒険者が寄ってきた。

「新顔か？　よろしく頼む」

「今日からだ。勉強させてもらうぜ」

「へっ、いいことを言うおっさんだ。長生きするぜ、あんた」

俺は冒険者と適当に挨拶がてらに軽口を交わして、周囲を確認する。

前方の空を見上げると、黒い粒が広がっているのが分かった。

正体はレッサーデビル達だった。そして町に入った時に説明したバリスタから矢が放たれるのが見える。

「よし、僕達は初めてだし固まって戦おう。僕と夏那が水樹のガードを固めつつ魔法で牽制。水樹は弓でレッサーデビルを撃ち落としてくれるかい？」

「うん！」

「さて、と。魔族相手の実戦か……槍の準備は大丈夫よ」

風太が作戦を伝え、水樹ちゃんが元気よく頷く。夏那はというと、どこか神妙そうにそう呟いた。

距離があるからすぐに戦闘にはならないとは思うが、緊張感は持つに越したことはない。

「頼もしいが、三人とも無理はしないでいいからな。俺はレッサーデビルを指揮している奴を探す」

三人が布陣を確認している中、俺は魔族が向かってくる方向を見ながら告げる。

「リーダーってレムニティじゃ？」

「いや、そうじゃなくてな――」

本命のレムニティはまだ傷が癒《い》えていないだろう、なんせ俺が真っ二つにしたのだ。魔族は首を切るか心臓を潰さなければ再生する。だがあれほどのダメージを与えれば、回復には時間がかかる。

しかし今、目の前で攻めてきているというのも間違いない事実。

どういうことか？　それは恐らくドーナガリィのような副幹部が居るはずなのだ。

「なるほど。レムニティを確認したことで、前の世界と同じような指揮形態があると思ったんですね」

「風太の言う通りだ。だが、あくまでも本命はレムニティ。もし見つけて、捕まえられないようなら始末するぞ」

「え、ええ……」

あっさりと『始末する』と言い放った俺に、水樹ちゃんがたじろぐ。

正直なところ情報は欲しい。だが、どうもこの世界へ来てからそういう対応をしようとすると、取り逃がすか邪魔が入ることが多い。

なので、相手に三つ質問を投げかけて、情報を引き出すことができなかったら即座に処分すると決めた。

……アキラスはともかく、向こうで戦ったことのあるレムニティだと分かった時点で、もう少し情報が得られると思ったんだがな。ここまで妨害があるとなにかあるんじゃないかと勘繰《かんぐ》ってしまう。

とはいえ今は少しずつ進むしかない。

最低でも船がなければセイヴァーのもとへ行くことは無理だし、せいぜい活躍をしないとな。

そんなことを考えていると、俺達の前をミーアが横切った。

「やっほー、ミズキにリク！　アタシ達はあっちみたい。戦いが終わったらお話ししましょ♪

そっちの二人も紹介してね」

「あ、うん！　気をつけてね！」

ミーアが杖を掲げて振りながら駆けていく。あいつは魔法使いか。後からヒュウスや他のメンバーもサムズアップをしながら持ち場へ向かった。

さてそれじゃ様子見を……と思っていたが、バリスタの射撃を抜けてレッサーデビル達が市街地へ降り立つのが見えた。

「あれだけ攻撃しても数が減ってません。確かに町中で防衛は必要ですね」

風太が深刻そうにそう呟いた。

「戦争をしてるんだ、隙を見せたらあっという間に呑まれる。これでも少ないほうなんだが、止めとくか？」

剣を握り締めて冷や汗をかく風太にそう尋ねる。

「いえ、僕も覚悟を決めています。この世界のルールに従って戦いますよ」

すると風太はしっかりと目を見てそう返してきた。そして夏那が手を空に翳《かざ》してから言う。

「あたしもね！　さ、攻撃を開始するわよ！　〈フレイムアロー〉」

夏那が〈フレイムアロー〉を撃ち出した。するとその後ろで水樹ちゃんが練習していた通りに矢を三本同時につがえて射出する。

「狙いは間違いないはず……！」

水樹ちゃんは真剣な面持ちで矢の行く末を見守る。

【ゲギャァァ⁉】

三本の矢は吸い込まれるように〈フレイムアロー〉を避けたレッサーデビル達へ飛んでいき、羽に大きな穴を開けて三体が地面に落ちた。

すぐに落ちたレッサーデビルへ兵士や冒険者が向かい、トドメを刺していく。

「次、来るわよ！」

「水樹もう一度矢を！　僕の風魔法に乗せて威力を上げよう！」

「うん！　やっ！」

「今だ……！　〈ウインドストリーム〉！」

水樹ちゃんが放った矢の後ろから風太が風魔法を使って加速させ、今度は二体のレッサーデビルの胴体を貫通させて倒すことができた。

「〈フレイムアロー〉連続発射っと！」

夏那も負けじと、〈フレイムアロー〉を連射してレッサーデビルを燃やしていく。グランシア神聖国での訓練は役に立っているようで安心した。

「やるな」

「へへ、もっと褒めていいわよ！」

俺は今のように遠距離から攻撃できるというのは都合がいいと感じていた。

なぜなら遠距離攻撃というのは、自分の手に感触が伝わらないので『殺した』という感覚が薄まるからだ。

敵を倒すということに慣れるには、距離が遠いところから段々近くなっていくほうがいいため、これは僥倖《ぎょうこう》だ。

「こっちに降りてきた！　迎え撃つわ！」

「風太は水樹ちゃんを守りながら動け、俺も夏那と迎撃に回る」

「はい！」

「まずは〈烈風《スラッシャー》〉だ！」

弟子達ばかりにやらせるわけにもいかないと俺も魔法で迎撃を始め、空を覆《おお》いつくさんばかりのレッサーデビル達を落としていく。

バリスタや他の冒険者も奮闘し、城への侵攻は防げている。だが、剣士などは飛んでいる相手に対しての攻撃手段が乏しいので、何匹かのレッサーデビルは攻撃をかいくぐっている。

【ガァァァァァ！】

そうした奴の一匹が風太めがけて攻撃してきた。

「あいつら、口から火球を！　うわ!?」

「風太、大丈夫!?　相変わらず空から攻撃してくるとは卑怯《ひきょう》ね！」

とか言いつつ夏那はしっかり魔法で返していた。慌てずに反撃できていることに戦闘センスのよさを感じる。

それにしても今までの国で行われていたものとは違う大規模な侵攻に、レムニティらしさを覚える。懐かしいと思うのは不謹慎《ふきんしん》か。

「えい！　やあ！　〈ファイヤァァァボォォォル〉！」

「あ、ペルレさんも魔法が使えるんだ」

ペルレはでたらめに〈ファイヤーボール〉を投げつけているだけだが、敵の数が多いのでどこかしらに当たる可能性が高く悪くない戦法だと言える。

しかしレッサーデビル達による空中からの攻撃と地上での攻撃を同時に相手にするのは分が悪い。

水樹ちゃんの矢もかなり強いが、落とせる数には限りがある。数の暴力というのはどんな時代でも恐ろしい。

戦いから数十分ほどで、負傷者や倒れている者がちらほら見え始めた。

「くっ……。直撃か」

「しっかりしてください！　ポーションを持って下がって！」

「はあ……。数が、減りませんね……」

冒険者と、彼らを補佐するギルドの受付嬢のそんな会話が聞こえてくる。

「牽制じゃなく本気で攻めているからだな。こりゃ、ジリ貧になるか？」

俺がそう感想を口にすると、夏那も同調した。

「ふう……。お城を狙っているのは間違いないみたいだけどね」

風太達は疲れていないが、数の多さに呆れている様子で応戦する。

「冒険者達だけにやらせるなよ！　負傷者は下げろ！」

「おおおお!!」

そういや冒険者を盾にするかと思っていた騎士達だが、彼らもしっかり部隊として前へ出てくれているので、帝国はそこまで悪どい国ではないようだ。

【グオアァァ！】

「きゃ……!?」

「たあ！　大丈夫か水樹！　い、行くぞ！」

「うん……！」

水樹ちゃんに狙いをつけたレッサーデビルに、風太が立ちはだかり剣で押し返す。

【ガァ！】

「なんの……！　シールド展開！」

振り下ろされた爪をボルタニアで貰った魔法の盾で防ぎ、距離を取る風太。しっかりとした足取りで地面を蹴って接近し、左肩から斜めに切り裂いて絶命させる。

【グ、ォォォ……】

「ふう……ふう……！　つ、次だ！」

「風太、魔法を使え！」

「あ、はい……！　〈ウインドストリーム〉！」

初めて人型をした魔物の命を奪った感触は恐ろしいものだったのだろう、手を震わせながら息を吐く風太。そこに襲いかかる次の敵を魔法で迎撃するように指示する。

戦いに参加するというのは三人が決めたことなので、俺はなるべく彼らの心に負担がかからないようするだけだ。

「キリがないわね……！」

「魔族との戦いはいつもこうだ。平気か？」

「あんまり平気じゃないわよ……！　だけどやるって決めたんだもの、戦うわ！」

「我慢はするなよ。殺すことが目的になりすぎないように」

「うん！　……そら、足元が隙だらけよ！」

「トドメは私が！　〈フリーズランサー〉」

水樹ちゃんが氷の槍を放ち、レッサーデビルを倒す。

「ありがと水樹♪」

覚悟を決めた三人の奮闘は、俺の予想を上回るものだった。

勇者としての恩恵があるから後は覚悟さえあれば、と思っていたけどその覚悟のほどが知れたような気がした。

そしてそれに触発されたのか、周りの冒険者達も奮起し始める。

「あ、あいつらすげえ……！　負けるな！」

それを見て、俺も攻撃を開始する。

「俺も負けていられないな」

俺は苦笑しながらレッサーデビルを撃ち落とす。……さて、敵の大将は今回出てこないか？

下っ端がこれだけ足を止めていたら、苛立って出てきそうなものだが……？

しかし周囲に目を向けてもそれらしい影が見られない。ここはとりあえず押し返しておくかと俺は両手に魔力を集中させる。

「ちょっと静かになってもらおうか。〈爆裂の螺旋《ブラスト》〉」

まずは俺の右手から閃光が放たれ、空に爆発を伴う炎が広がり、レッサーデビル百体ほどが灰となって一瞬で消えた。

さらに左手の分も放つ。たった二発だがレッサーデビルが空を覆っていたせいで黒くなっていた部分がなくなり綺麗に空が割れた。

直後、城壁の手前に居たレッサーデビル達が撤退し、残された奴らは地上に降りてきて暴れ出す。

「よ、よし！　押し返すぞ！」

誰かの声でハッとなった冒険者や騎士達が残ったレッサーデビルの掃討戦に移った。そこで俺は再び周囲に目を凝《こ》らす。

皆戦いに夢中で俺が特大の魔法を撃ったのを見た奴は少なそうだな。なら残りを片づけるとしますか。

「うおおおお！」

「これで終わりよ！」

【グギャアアア！】

風太が雄叫びを、夏那が得意げな声を上げる。

ほどなくしてレッサーデビル達を殲滅《せんめつ》し、町には瓦礫《がれき》と負傷者が残された。

俺達にとって、まずは前哨戦が終了したといったところか。

「リクさん、負傷者の手当てをしましょう！」

「ん、そうだな」

俺は奴らが撤退した方角を見ながら水樹ちゃんに返事をする。

それにしても城へ直接向かうのが多かったな……町を荒らしてこっちの動きを混乱させてから城

に攻め込むのがセオリーなんだが、動きが素直すぎる。

五十年もやり合っていればさすがのレムニティでも搦《から》め手の一つは使うと思うんだが……？

疑問はあるが答え合わせをしてくれる奴は居ない。俺はすぐに水樹ちゃんの後を追った――

◆　◇　◆

――ヴァッフェ帝国から遠く離れた海底洞窟。

リク達が負傷者の手当てに奔走《ほんそう》している頃、魔族のアジトでは褐色の肌をした魔族が肩を竦めながらレムニティへ報告していた。

【早々に撤退を決めたか、ガドレイ】

問いかけるレムニティに対し、ガドレイと呼ばれた褐色肌の魔族が頷く。

【ええ。空にいる無数のレッサーデビル達をほぼ一撃で倒されたら警戒もしますって。……それよりも恐らく仕掛けてきたのは――】

【彼らが来たということだな】

レムニティは腕組みをしながら、勇者達がこの地へ来たことを確信し神妙な顔で呟いていた。

ただ――

【ぷふ……】

【なにがおかしい？　お前は直接戦闘はしていないのだろう？】

【ち、違いますよ……その、テーブルの上で上半身だけの大将が『彼らが来たか』とか真面目な顔

をしてるのがツボで……】

【うるさいぞ!?】

【ぐあ……!?　ぶふー、う、浮いてる！　ぎゃははは！】

レムニティが羽の力だけで浮き上がり、報告に来た魔族の頭を殴りつける。だが、それはそれでツボだったらしく、ガドレイは頭を押さえながら大笑いしていた。

【……もういい。しかし勇者共は人間に交じって防衛に回ったか。私が自ら決着をつけたいが、まだ力が回復していない】

【さっきの戦闘で人間の負の感情を吸収したと思いますが、完治まではいかないでしょう。魔王様に修復してもらったらどうですかね？】

【そういうわけにもいかない。私がここまでやられた理由を尋ねられると面倒だ。それに奴らは私を追っている。万が一にでも魔王様のところへ行かせるわけにはいかん】

【なるほど……話は少しそれますけど、俺は顔を見ていませんが、奴らは自分達が勇者だと魔王様に知られるのはまずいと考えているんですかね？】

ガドレイが椅子に座って疑問を口にする。

もし彼らが勇者で、グランシア神聖国に居たのであれば、聖女から魔王の居場所は伝えられているはずと推測できる。もし魔王を倒すことが目的なら、その時点で真っすぐ魔王のもとへ向かうだろう。

だが実際にはリク達はレムニティの挑発に乗って、帝国へ来た。だからまずはレムニティを始末しようと思っているのではとガドレイは考えたのだ。

しかしそこは魔王軍の将軍の一人である魔空将レムニティ。考えなしで挑発したというわけではなかった。

【……奴らは私を生け捕りにして、情報を得ようとしていたようだ。だから帝国で待っていると言えばここへ来るだろうと考えた。特にリクという男は、こちらをよく知っている様子だった。お前は知っているか？】

【いや、全く知りませんね……大将は覚えがないんですかい？】

【ああ。あいつに殺す気で来られたら今度こそ死ぬかもしれん。それほどの相手なら覚えているはずだろう？】

【死ぬ……マジですか。リクでしたっけ？　やっぱり覚えがありませんね】

生真面目なレムニティがそこまで言うとは……と、背筋が寒くなるガドレイ。

【これからどうするんです？】

【私の傷が癒えるまで牽制を続ける。彼らがここに来た理由は私を探すことだろうが、魔王様に近づくための船を手に入れようとしているかもしれない。次の出撃ではそれとなく船を破壊することも視野に入れろ】

【ハッ！　ま、船があっても出港はできませんがね――】

敬礼をした後、意味深なことを言って部屋を出て行くガドレイを見送り、レムニティは再び腕組みをして一人呟く。

【……全く記憶にない男……いったい何者なのだ？　魔王様や我々に対するあの日は間違いなく憎悪。もしあの消滅した国の人間だとしても、魔王様の名前まで知るはずはないのだが】

違和感が拭えず記憶を探り続けるレムニティ。しかし、いくら考えても記憶が呼び起こされることはなかった。

◆◇◆

「撤収《てっしゅう》！　撤収ですよー！」

ペルレが笛を吹きながら冒険者や騎士達に撤収を告げる。すると慣れているのか、元気そうな奴から少しずつ現場を離れていく。

とりあえずポーションを飲ませて、それでも治らない傷は回復魔法を使える人間や、城の魔法使いにお願いするらしい。

だが、今回は水樹ちゃんと俺が魔法を使って治療することでかなり早く落ち着いた。

大怪我をした奴は居たが死者はゼロというあたり、今回の侵攻は本気だったとは言い難いかな。

「やりましたね、リクさん。でもよかったんですか、あんな大技を使ったら注目されるかもしれないのに」

そう尋ねてきた風太に対し、俺は淡々と返答する。

「まあな。だけどこの人混みなら特定は難しいだろ。それと、レムニティの野郎に対するメッセージ代わりってのもある」

「なるほどね。それにしても……結構派手にやってくれたわね……」

騒ぎが終わった町中を確認しながら、夏那が口を尖らせる。

避難していた人間が瓦礫や焼けた木材を片づけ始めるのを尻目に、撤収命令を受けた俺達はギルドへ向けて歩きながら口を開く。

「……ゲームみたいに敵と戦って終わりってわけにはいかないからな。グランシア神聖国は結界があったからなんとかなった。戦争になって結界がないとこんなものだ」

「一回の戦いでここまで町が壊されていたらたまりませんね……」

「これで死んだ人がいたら気が滅入《めい》るだろ？　だから戦いなんてしないほうがいいんだよ」

水樹ちゃんが悲しげに呟く。俺は彼女の頭を撫でながらそう言う。

「ええ。無駄な戦いはしない。でも、やるべき時には戦う。僕達三人で決めたことなので、頑張ります！　それにリクさんのおかげで前回よりも一歩踏み出せたと思います」

「うん、直接攻撃した時はやっぱり嫌な感じだけど、やっていかないとね。リクと離れ離れになることがないとは言い切れないもん」

風太と夏那の言葉に俺は少し驚く。そこを見据えているなら無茶はしないか。

実際、夏那の言うように、罠にかかって一人だけ別の場所へ転移させられることもある。パーティを分断された時、冷静に動くためには、前もってどう動くかを考えておくことが重要だ。三人とも万が一のことをきちんと考慮しているらしい。

「ま、今日のところは及第点だったと思うぞ。風太の考えた作戦が上手く働いていたし、水樹ちゃんの弓は大活躍だった。夏那の魔法で足止めをして、その隙に風太が踏み込んだのはいい感じだった」

「そ、そう？　えへへ……」

夏那が恥ずかしげに笑う。

こいつらは素直だから褒めて伸ばす方針がいいだろうなと考えていたら、別の場所で戦っていたミーア達が近づいてきた。

「やっほー！　お疲れ様～♪　そっちも無事みたいね」

「ミーアさん！　あ、怪我をしてますね。治しますよ」

「わ、嬉しい！　ありがとう！　いいなあ、回復魔法。ウチは見ての通り全員が脳筋だからねえ」

「なんだとこの野郎!?　お前も攻撃魔法しかできないじゃないか！」

「タスクは放っておいて……リクさん達、用事がなければこの後一緒にご飯でもどう？　今日はこれで解散らしいんで、アタシ達は宿を取ってゆっくりするつもりなの」

「そうだなあ……」

俺の前で目を輝かせるミーアにどう返事をするか思案していると、夏那が笑顔で口を開く。

「せっかくだし他のパーティの話も聞いてみたいわ。さっきこの子もあたし達と話したいって言っていたし、いいんじゃない？」

「僕はいいですよ」

「私もです」

風太と水樹ちゃんもそれに同意したので、ならたまには賑やかにやるかとミーアの提案に乗ることにした。

……あんまりこの世界で友達は必要だと思わないが、水樹ちゃんがこっちに残るなら信用できる人間を調査しておくべきか？

「あ、ペルレさんだ」

そろって歩き出したところで夏那がペルレに気づいた。俺は念のためここを離れていいか聞いてみる。

「おう。俺達の仕事は終わりでいいのか？」

「はい！　鐘が鳴ったら戦闘開始なのでさっきみたいにわたしのところへ来てくださいね。部隊の活躍を目に入れるのも役目なので」

そんなこともしているのか……ここの受付嬢はタフなんだなと思いつつ、俺達はペルレに挨拶をして食堂へ行くことにした。

◆◇◆

「「「かんぱーい‼」」」

ミーアの乾杯の音頭と共にテーブルについている全員が飲み物に口をつける。

俺達が勇者だということを知る者は居ないので、変な罠を仕掛ける輩も居ないだろうが、一応、飲み物が届いた時にバレないよう、俺が先に少し飲んで毒見をしている。

楽しんでいるところでの毒見は気分が悪いと思うので、水を差さないようにこっそりとな。

「へえ、ミーア達は友達同士なんだ」

「そうそう！　出身はイディアール国にあるリデアって町なんだー。そこで育った友達なの。カナ達は？」

「あたし達も似たようなもんよ」

ギャルっぽい喋り方をするミーアは、カナと馬が合うようでお互いよく話していた。

いつも言い聞かせているので、もちろん異世界から来たなどと口を滑らせることはない。そして話の矛先は俺に向く。

「なら……リクさん、だっけ？　あんたはフウタ達に比べて年齢が高そうだけど、なんでパーティを組んでいるんだ？」

タスクがそう聞いてきたので、俺は口を開く。

「あー、そんなに難しい話じゃないぞ」

「旅に出た時、危ないところを助けてもらったんです。それから私達の師匠になってもらいました」

「ふむ、確かにリクさんはただならぬ雰囲気があるが、そういうことか」

ヒュウスが俺を見て小さく頷きながらジョッキを傾ける。

三人には誰かに聞かれたらそう答えておけと口裏を合わせているので、違和感を覚える奴は居ないだろう。

「うははは！　三人もなかなか強かったみたいだが、リクはそんなに強いのか？　いっちょ俺にも稽古《けいこ》をつけてくれねえか！」

「うるせえぞ、グルガン。声がでけえ。……だが確かに、おっさんは強そうに見えないからなあ」

「まあ、俺は信じてくれなくても構わないけどな。ほら、酒飲もうぜ」

「チッ……」

水樹ちゃんにちょっかいをかけていたタスクが挑発をしてくるが、それこそこの程度の挑発に乗るほど若くはない。

苦笑しながら俺達のやりとりを聞いていた風太が口を開く。

「でも、遠いところからどうしてわざわざ帝国まで来て、魔族討伐に参加したんですか？」

風太のその問いには、ヒュウスが答えてくれた。

「敬語はいいよ、フウタ。理由は、単純にここが一番稼げそうだと思ったからだな。イディアールも魔族との小競り合いがあるが、騎士のプライドかなにかで冒険者を頼らないから、上手いこと稼げないんだ」

「……結構まずい状況か？」

「先ほどの規模で攻めてこられたら落ちるかもしれないな」

今の話を聞く限り、王族が少々無能っぽい印象を受ける。イディアール王国へ行くことはないかもしれないが、覚えておいたほうがいいな。

「なるほど……」

風太が神妙そうに頷き、ヒュウスは微笑みながら返答する。

「まあ、あんた達も稼ぎたいから来たんだろ？　お互い無事に乗り切ろうぜ」

そこで、夏那が思い出したように言う。

「そういえば契約の期限ってどれくらいなのかしら？　あの書類には書いてなかったわね」

するとグルガンは肩を竦めながら言う。

「辞めたい時はいつでも、って言ってたぜ。ウチの受付嬢は『戦力が減るのは惜しいが無理をして死なれるよりはいい』とか」

「ペルレはそんなこと言ってなかったわね……」

「後でとっちめておけばいい」

夏那が険しい顔になったので、俺が笑いながら頭に手を置いて宥めていると、タスクがフォークをこっちに向けて口を開く。

「で、誰と恋人同士なんだ？　ミズキがリクと？」

「あん？　いや、どっちも――」

ふざけた問いに俺が答えようとすると――

「えっとね、あたしがリクで水樹が風太よ」

――夏那が即座にそう答えた。

「お、おい、夏那？」

俺が困惑していると、夏那は俺の腕を取ってウインクする。その横で水樹ちゃんが目を丸くしていた。

「夏那ちゃん……！」

「ま、まあ、そういうことなんですよ。だからタスクに水樹は渡せないかな」

そういうことにしておいたほうが後々よいと考えたのか、風太もこの流れに乗った。

「くっ……」

「あははは！　失恋を自分から決定的にしてんじゃん！」

二度目のナンパに失敗したタスクをミーアが大笑いして冷やかした。もちろん黙って聞いているタスクではない。

「うるせえぞミーア。馬鹿笑いするんじゃねえ！」

「なによ！」

「おいおい」

俺達をよそにタスクとミーアはお互いでかい声で罵《のの》り合って喧嘩《けんか》を始めた。

俺がヒュウスに目配せをすると、口元に笑みを浮かべながら『いつものことだ』と言わんばかりに肩を竦めていた。

「タスクさんとミーアさんってお似合いだと思うんですけど、付き合っていないんですか？」

「「誰が!!」」

水樹ちゃんが不思議そうに尋ねると、二人から怒声が同時に返ってきた。

「おう、息ぴったり……」

夏那がそんな感想を言う。

「こんながさつな女お断りだぜ！」

「こっちだって女の子を見ればナンパしに行く軽薄な奴嫌いだしぃ？　カナ、リクさん頂戴！　年上の男の人ってカッコいいし！」

「ダメに決まってんでしょ!?　酔ってんの？」

タスクとミーアは売り言葉に買い言葉でどんどんヒートアップしていく。しかし水樹ちゃんの言う通りお似合いな気がするな。

見た感じ両想いだと思うんだが、素直になれないって感じかね？

「ま、契約したパーティ同士、これからもよろしく頼むぜ。暇があったらまた一緒に飲みたい」

「ああ」

「もー、全然お話ができないじゃない！　あ、これ美味しい♪」

「僕はサラダを頼もうかな」

夏那は料理をつつきながらそう呟き、風太は追加の注文をする。

結局二人の言い争いを肴《さかな》にして、俺達は楽しく食事をすることができた。

こっちから出せるカードはないが、魔族討伐をするという同じ目標がある仲間として顔見知りがいるのは悪くない。

……ちなみに三人はジュースだからな？

◆　◇　◆

「ふぃー、気持ち良かった！」

あの二人が酔ってヒートアップしたから、後はヒュウス達に任せて俺達は早々に食堂から退散して宿に向かった。

本当なら契約を終えた時点で宿に向かうはずだったんだが、魔族の襲撃で後回しになったからな。

チェックインを終えて俺がひとまず部屋でくつろいでいると、夏那と水樹ちゃんが風呂から戻ってきた。

そしてリーチェがなぜか頬を膨《ふく》らませていた。

「お、風呂が終わったか。……どうしたリーチェ？」

「ずっとこの調子なんですよ」

俺が尋ねると水樹ちゃんが困った顔で答え、当のリーチェが目の前まで飛んできて大声で叫ぶ。

『わたしだけずっとのけ者だったたぁぁぁ!!』

どうやら俺達だけで楽しく飲み食いしていたのが許せなかったらしい。

ギルドに入る前に夏那のポケットに入ったまま、顔を出せなかったからなあ。

「しょうがないじゃない。あんたを人前に出すわけにはいかないでしょ？　別の問題を引き起こすわよ」

『カナが冷たい……!?　わたしの味方だと思っていたのに！』

「まあ夏那の言う通りだから諦めろ。ほら、お前の分だ」

俺が収納魔法から骨付き肉とパン、それとジュースにシチューを出してやった。食事の際に少しずつ隠れて回収していたのだ。もちろん次に行った時に皿とグラスは返すつもりだ。

『あは！　わたしのご飯！』

「もう笑顔になった……現金ねえ」

「はは、リーチェは僕達と一緒に食べたかったんだよ。明日からは宿で食べてもいいかもしれませんね」

『さすがフウタ！　イケメン！』

「ふふ、そうね。できるだけ私達だけで食事したほうがいいかも？　……ところでリクさん、いきなり魔族と衝突《しょうとつ》しましたけど、向こうはリクさんの存在に気づいたでしょうか？」

リーチェが美味しそうに食事をするのを見ながら、水樹ちゃんが真面目な顔で聞いてきた。

「正直なところ分からないな。過去にあの規模でレッサーデビルをぶっ飛ばされたことがなければ気づいたと思う。次の襲撃がいつになるか不明だが、今度の襲撃で奴らが撤退を開始した時点で、俺はお前達から離れて奴らを追うつもりだ」

俺が真面目な顔で三人を見ると頷いてくれた。三人を置いていくことになるが――

「今日の戦いを見た感想だが、レッサーデビルとの戦闘に関して俺が心配することはなさそうだと思った」

「リクさん……！」

実力が認められたと思った風太が目を輝かせて呟く。

「もし、俺が居ない間に面倒事があったらヒュウス達と一緒に居るといい。あいつらは信用できそうだからな」

「……分かりました！」

「うん！」

水樹ちゃんと夏那も嬉しそうに頷く。

「何度も言うが、無茶はするなよ？　逃げるのは恥じゃない。目的を果たせずに死ぬほうがよほどかっこ悪いんだからな」

「はいはい、分かってるって！　いえーい！」

「大丈夫かぁ？」

俺は色めき立つ夏那をため息を吐きながら宥める。しかし、浮かれて三人でハイタッチなんかをしていた。

……ま、今は喜ばせておくか。俺は椅子を傾けながら天井を仰《あお》ぐ。

夜襲か、昼間に強襲してくるか……レムニティがどうやって前の世界で攻めてきていたかを思い出しながら。

それと――

（ペルレは俺の魔法を見ていたはずだから皇帝に報告が行くだろうか？　それとも様子見をするか？）

だいぶ威力は抑えて、一般の冒険者や騎士でもできる程度にした。もしあれくらいの魔法を使える奴が他にも居るなら特に注目はされまい。

だが、少しでも俺のほうが凄い場合はなにかしら接触してくるだろう。

船を手に入れるなら功績は必要だからそれなりの活躍をするべきだが、目立ちすぎるのもよくない。

まあ、ギルドカードを作った時に俺がAランク認定されたことを、向こうがどう判断するかだな。

「魔王なんてすぐに倒せるかもね？」

『そんなに……もぐもぐ。甘くないわよ？』

「訓練すればいいじゃない！」

俺がそんなことを考えていると、夏那とリーチェがそんな風に会話していた。

さて、とりあえず帝国へ入って早々の戦いだったが、風太達の成長も見ることができたので前哨戦としては悪くなかったと思う。

ひとまず様子見させてもらうかと、俺は楽しげに騒いでいる三人を見て苦笑するのだった。

第三章　帝国の事情

――ヴァッフェ帝国　執務室――

「──以上が今回の成果です、クラオーレ陛下」

神経質そうなツリ目の男が報告を終える。

「うむ、報告ご苦労、キルシート。しかし今回の魔族どもは随分と早い撤退を選択したな。おかげで死者が居ないのは僥倖だ」

渡された資料に目を通した後、髪と同じ灰色の髭《ひげ》を口の周りに蓄《たくわ》えたいかつい男が満足そうに口を開く。

彼こそがヴァッフェ帝国の皇帝であるクラオーレだった。

「こちらも冒険者を多く投入しましたし、押し返せたのでしょう」

「それもあるが、あの空を裂いた魔法。撤退の決定打はあれだと思うぞ？」

クラオーレが資料を机に置いてキルシートへそう返す。

「そうですね。一気に霧散《むさん》させたのは驚きました。……ただ、城にもあれくらいの使い手はおりますよ、陛下」

「ふわっはっは！　キルシートは負けず嫌いだな」

クラオーレは書類を指で弾いてキルシートへ突っ返し、話を続ける。

「魔族が来るのをワクワクして待……いや、緊張しながら庭で見ていたが、あれは少々驚いた。使った人物を好待遇で前線に置けないか？」

「……考えておきましょう。しかしあれほどの魔法の使い手であれば城の防衛に回したほうがいいのでは？」

「逆だ、キルシート。強者を前線に置くことで町へ来る魔族を止めることができる。犠牲を減らせる有効な戦術だと思わんか？」

「はっ……陛下の慧眼《けいがん》には感服いたします」

そこへちょうど扉の外で話を聞いていたらしい、短い金髪に褐色肌の騎士が部屋に入ってきて言った。

「弱いヤツはすぐ死ぬ。自分の能力を過信して死ぬのは勝手だが、俺達のせいにされちゃたまらんってことだ」

「ヴァルカか。作業は終わったのか？」

それは騎士団長のヴァルカだった。皇帝の前にもかかわらず軽い口調で肩を竦める彼に、クラオーレが苦笑しながら言う。

「団長は指示だけお願いですって言われましたよ。頼もしいねえウチの騎士達は」

「まあ、そういうわけだ、キルシート。強者はいくらでも欲しい」

クラオーレが嬉しそうに口にすると、キルシートが資料を下げながら口を開く。

「ギルドへの手配は私が行いますので、陛下がお手を煩《わずら》わすことはありません」

「え……」

「いや、そんな絶望した顔をしなくても……俺と同じですよ、指示だけお願いします」

ヴァルカが苦笑していると、クラオーレはため息を吐きながら首を横に振ってキルシートに指を突きつける。

「それでは俺が美味い酒にありつけ……いや、城下町の状況を確認できないだろうが。お忍びで町へ行くことで、リアルな声を聞くことができる……俺はそう思っている……！」

「そりゃ陛下が酒を飲みたいだけじゃないですかね。俺はお供しますけど」

「うむ」

ヴァルカの返事にクラオーレは満足げに頷き、キルシートが呆れたように言う。

「『うむ』じゃありませんよ……」

「大丈夫だ、最悪黙って行く」

「はあ……私も行きますから黙って行くのは止めてください」

「ペルレちゃんを呼んどいてくれよ、あいつがいたら賑やかだ」

ヴァルカがそんな軽口を叩く。

「人の妹を賑やかしに使わないでください。ペルレが交ざったら面倒になるので呼びませんよ」

キルシートはこめかみを押さえながら首を横に振った。

「兄妹なのに似てないよな、お前達」

お腹を押さえながら笑う二人を、恨みがましい目で見るキルシート。彼は、酒好きの皇帝陛下が自分の目の届かないところに居るよりはいいかとため息を吐くのだった。

◆◇◆

――俺達は朝食をとった後、町中に出て片づけの仕事をしていた。

襲撃から一夜明けたが、魔族側からのアプローチはない。

俺としては足取りを掴むために攻めてきてほしいのだが、来ないものは仕方がない。

ただ、そのことに不満を持っているのは俺だけでもなく――

「……特になにもないわね。冒険者を集めているから襲撃はもっとあると思ったんだけど、そうでもないのかしら？　あたしがレムニティなら、すぐさま次の軍勢を差し向けるのに」

「言いたいことは分かるし、俺もそう思う。だが、こっちの魔族は今までのことを振り返っても対応が甘い。アキラスにしても、レムニティにしても、だ」

「手加減しているんですかね？」

「でもそうするメリットがないよ、水樹」

風太の言う通り、手加減をするメリットはないのでそれは考えにくい。

人間を滅ぼすつもりなら、力押しで襲撃を続けていればいい。

ただ、あいつらは人間が出す恨み・妬《ねた》み・恐怖といった負の感情を好むから、それを何度も味わうためすぐに潰さないというのは考えられる。

レッサーデビルも無限に沸《わ》くわけではないだろうし、メリットとデメリットが釣り合うかどうか不明だが、そこは俺達が気にすることでもない。

「ま、考えても仕方ない。次に備えるだけだ。こうやって瓦礫の片づけをするのなんかも契約の内だ、手を動かすぞ」

「はーい」

夏那が渋々返事をして作業に戻る。

「慌てなくていいので確実に処理してくださいねー。重いものは二人で持つ！」

監視役とでも言うべきか、ペルレが笛を手に作業状況を見ながら大きな声で指示やダメ出しをしていた。

「はーい、家屋の修復のお手伝、ご苦労様です。お料理ができる人は炊き出しの世話をお願いしますねー」

「ペルレさん、頑張っていますね」

風太がペルレを見ながらそう呟いた。

「あれが仕事だからな。この作業には騎士達は出てこないみたいだし、お目付け役ってところだろ。サボらないようにとか」

「なるほど……僕達はあくまでも便利屋ということでしょうか」

ま、そういうのは珍しくないと伝え、風太の肩を軽く叩きながら撤去作業を続行する。

人の犠牲は少なかったが家屋は結構やられているな。

「おもーい！」

「それはオレがやるから木材を運べって」

「オッケー」

少し離れたところではミーアとタスクも作業をしており、夏那がにやにやしながらその様子を見て言う。

「なんだかんだでいい雰囲気なんだけどね～♪　二人とも素直になれないってタイプかしら？」

「そうかも。でも、私達も風太君に対してそうだったから分かるけどね」

「だとよ。モテる男はいいねえ」

「う、うーん……」

顔を赤くして困る風太。水樹ちゃんがそれを公言するとは思わなかったな。覚悟も決めて素直になったということか？

そんな話をしながら俺達は休憩を挟みつつ、夕方まで撤去作業を行った。

労働の後は美味い飯と酒が待っている。それを楽しみに飯屋へ向かった。

ギルド内で食ってもいいが、夏那の要望で今日は町の酒場に行くことになった。

「お父さんが酒飲みだから、家につまみがよくあったのよ。当然お酒は飲ませてもらえなかったけど、つまみが好きでさ、枝豆とかいいよね」

「おっさんか」

「それはリクでしょ！」

「まあまあ」

むくれる夏那を風太が宥める。

そんな話をしながら中へ入り、適当に席を見つけて座ると、近くにあるテーブルから心底嬉しそうな笑い声が聞こえてきた。

「うははは！　やはりここの酒は美味いな！　肉も持ってきてくれ！」

「凄く体の大きい人ですね……他の二人はスマートなのに」

水樹ちゃんが男の体格に目を瞠《みは》りながら言う。

「ツリ目の人は結構イケメンね。もう一人は手が冒険者っぽい感じ」

「よく見ているなあ、夏那」

風太がチラ見をしながら呟く。

「お待たせしました～」

そこで店員が注文の品を持ってきたので、俺達は料理に目を向けた。

「待ってました！」

「かんぱーい！」

乾杯し四人で一斉に口をつける。疲れた体に染み込むな。

俺としては避けたかったが三人がどうしてもと言うので、例の渋いブドウジュースを注文した。

「お前、ちゃんと飲んでいるのか？」

「大丈夫、です……」

さっきの賑やかなテーブルに目を向けると、眼鏡をかけた髭の大男がツリ目の兄ちゃんに酒を注ぎながら笑っていた。

「楽しそうですね」

風太がそんな感想を口にする。

「風太、あまりあっちに目を向けるな」

あれだけ楽しそうなら気のいい人間だと思うけど、絡まれると面倒だ。だからあまり見ないよう言っておく。

するると、仕事を終えたのか私服のペルレが入ってくるのが見えた。

「あ、ペルレさんだ」

「呼ぶ？」

水樹ちゃんと夏那がそんなことを言い出したので、俺は釘を刺す。

「アレにも関わるな。騒がしくなる」

「は、はい……」

俺の言葉に水樹ちゃんが視線を逸らすと、ペルレは鼻歌を歌いながらカウンターに向かう。その途中で先ほどのテーブルの近くに辿り着いた時――

「あれ？　兄ちゃん？」

「ぶふぅ!?」

――ツリ目のイケメンが酒を噴いた。

どうやらあの男は彼女の兄らしい。ツリ目で細身のイケメンで頭がよさそうな感じで、ペルレと似ているところがあまりないな。

よく見ると身長も高く、肩幅の広さを考えると戦闘もいける口かもしれない。大男との三人パーティと言われれば納得する顔ぶれだ。

「ペルレ！　なんでここに居るんだ!?　いつも食事はギルドの食堂で食べると言っていただろう」

「いや、そんなに驚かなくても……わたしだってたまには別のお店で食事をする気分にもなりますよ。どちらかといえば、兄ちゃん達がここにいるほうが珍しいんですから」

ツリ目の兄ちゃんの言葉に、若干訝しんだ顔で答えるペルレ。確かに約束していなければどこで食おうが勝手だな。

「おー！　ペルレちゃん、こんばんは！　今日はここに呼ぶつもりだったんだけど、こいつがダメだって聞かなくてさ。丁度いい。どうせここで食うならこっちに座ろうぜ！」

と、ペルレに軽口を叩く男が立ち上がると、いかにも戦闘職という感じの体格が見えた。上着はサイズが合っていないせいかパツンパツンだ。

金髪が褐色肌によく映え、芯の強そうな眼をしている。テーブルに立てかけている剣は古い感じだが、ジョッキを握る手は先ほど夏那が言った通り、熟練者のそれと言って差し支えない。

「相変わらず服装のセンスは最悪ですねえ、ヴァルカさん」

「はっはっは、そっちも相変わらず口が減らねえな。とりあえず座りなよマスター、ビールを二つ頼む！」

ヴァルカと呼ばれた軽口男もペルレの顔見知りらしく、いそいそと席を用意してペルレを座らせていた。

そこで水樹ちゃんが声を小さくして口を開く。

「ペルレさんとお兄さん、あんまり似てませんね」

「髪の色は一緒だし、兄妹ならそんなもんじゃないのかな？　それより、お兄さんがなんの仕事をしているのか気になるよ」

「事務職っぽくない？　あの髭の人は年上そうだから、部長とか？」

「剣があるから冒険者じゃないかな？」

「こら、あんまり噂をするんじゃない。あの髭のおっさんはペルレが来てから喋っていない。実は気難しくて、怒鳴られるかもしれないぞ」

夏那の言う通り、あの髭の男は他の二人と違って歳も上のようだ。上司という印象を受ける。ペルレの兄は見た感じ神経質そうだし、変に絡まれると面倒だろう。

そう感じて三人をこっちの話に引き戻す。

「もう、分かったわよ。そういえば襲撃がない時は自由に過ごしていいのよね、町の復旧も片づけ以外はできることがないし。暇が多かったりするかな？」

夏那が人指し指を顎に当てながらそう聞く。

「あー、契約的には問題ないみたいだぞ。訓練場でも借りて訓練するか？」

「いいですね！　僕、昨日の戦いで気づいたことを試したいです」

風太がグラスを飲み干してから拳を握る。向上心が高いのはいいことだし、気づいたことというのも聞いてみたい。

ただ、一つ考えていることがあるので、俺はそれと並行でやっていくプランを口にする。

「訓練はやる。だが図書館みたいなところがあればそちらにも行くぞ。グランシア神聖国に居た時と同じような感じで、朝から昼まで勇者についての伝承を探し、それ以降の時間で訓練をしよう」

「ふふ、リクさんって一度決めるときちんとやってくれるから助かります。私は魔法を練習したいので、教えてくれる先生が居ないかなって思ってるんですけど」

「ああ、いいかもしれない。ミーアは魔法使いみたいだし、時間があれば頼んでみるか。……時給で」

「あはは、時給は酷くない？」

俺の冗談に三人が笑う。

こういった休憩中に他愛ない話をするのも実は重要だ。ずっと神経を張り詰め続けて上手くいくことなんてない。

そんなことを考えているとペルレ達の席から声が聞こえてきた。いつもの癖で俺は耳をそばだてる。

「ぷはー！　仕事終わりのこの一杯がわたしを作り上げているんですよ！」

「おっさんか⁉　まったく……」

ツリ目の男がペルレにツッコミを入れる。

「それより、この三人が酒場にいる理由が気になるんですけど？　……お仕事はいいのですか？」

「うむ。これも仕事だからな」

髭の男が尊大な態度で腕を組み、ペルレに返事をする。なるほど、酒場にあの三人が居ることは本当に珍しいのか。

それはそうと、飲みが仕事とは景気のいい話だな。

「リクさんどうぞ」

「あ、サンキュー」

俺は水樹ちゃんが取り分けてくれたサラダを口に入れながら、再び彼らの話に耳を傾ける。するとその仕事内容について話し始めた。

「仕事ですか？」

「ああ、その辺の人にも聞こうと思っていたんだが、昨日の戦闘で強力な魔法が放たれただろう？あれを使った人物を探しに来た」

そう答えるのはツリ目の男。

「あれだけの実力がある人間には前線で活躍してもらいたい。そうすれば犠牲が少なくなるだろう」

へえ、あの髭の男、戦術というか人の使い方が分かっているじゃないか。

強力な戦力を最前線に配置するのは理に適っている。

そこへ風太が俺に小声で話しかけてくる。

「リクさんの話をしてますよ」

「みたいだな。だけど名乗り出るつもりはない。あの乱戦でどさくさに紛《まぎ》れて俺が出したのを見ていた奴はそう多くないだろう。だからできる限りバレないように振る舞うぞ」

「レッサーデビル達に目が向いていたはずだから、誰が撃ったかまでは気にしていないかもね」

夏那のそんな推測に対し、俺は頷いた。

「ああ、こっちの数も多かったからな。これでも適当にぶっ放したわけじゃないんだ」

すると風太が変わらず小さい声で聞いてくる。

「いいんですか？　船を手に入れるなら名乗り出たほうがいい気がしますけど」

「とりあえず今はいい。あいつらの情報もないから、迂闊《うかつ》に動きたくない」

そんな話をしていると、ヴァルカという男がペルレの肩に回そうとした手をつねられていた。

「いてぇ!?　……ま、そういうことでなにか知らないか？」

「そうですねえ」

「新しい人員が増えては消える。ギルドも全員を把握するのは難しいだろうが、なにか知っていたら教えてくれ」

気の抜けた返事をするペルレに対し、彼女の兄は真剣な口調で答える。

「君達も頼む。マスターもな」

髭の男がそういうと酒場のマスターは恐縮し、冒険者達は片手を上げて各々返事をしていた。

もしかしてギルドマスター的な人物だろうか？

ま、なんでもいいかと俺は酒をあおる。するとペルレが立ち上がり、周囲を見渡し始めた。

そして俺と目が合った。にっこりと微笑んでから俺達の席へ来て――

「居ましたよ。こちらのリクさんがその魔法を使った方です！」

「ぶっ!?」

俺は思わず口の中の酒を噴き出す。

「うわ!?」

「きゃ!?」

「ちょっとリク、汚いじゃない!?」

とか言いつつ、しっかり料理の皿にかからないようにしているあたり、さすがは俺の弟子といったところか。

それにしても思惑のうちとはいえペルルレの奴、ちゃんと周りを見ているんだな。

そして俺があの魔法を使った人物だと認識した髭のおっさん達がニヤリと笑うのを、俺は見逃さなかった。

ペルレが俺の魔法を見ていたということ自体はありえなくない。

だが、こっちの世界じゃどうか分からないが、おいそれと他人の情報を口にすることはないのがギルドの受付嬢だ。

だから彼女がこうも簡単に教えるとは思わなかった。

船を手に入れるためには活躍をすべきだと思っている。今がその機会ではないというだけでいつか明かすつもりではあった。

そういえば、以前ロカリス王国のギルドマスターであるダグラスがこう言っていたな。『義務があるので、内容次第では客の情報も城に報告する』――と。

つまりペルレの口が軽く、兄の前だから見栄を張ったというようなつまらん理由でなければ、あの三人の正体は予想がつく。

俺が考え事をしていると、いつの間にかペルレの兄がカウンターへ移動していた。

「すまないマスター。七人が入れる個室はあるか？」

「ええ、二階へどうぞ。君、案内を」

「はい」

マスターは忙しい中、嫌な顔ひとつせずに指を天井に向けてからウェイトレスに指示を出した。

「忙しいのによく応対するわねえ」

「まあ、言うことを聞かざるをえないだろうな」

「どうしてですか？」

「リクさんは気づきましたか？　フフ、到着した翌日にとは、あなた達は運がいいですねえ」

ペルレが俺達のテーブルにある皿を手に持って、高校生三人へ不敵に笑う。

「……？」

風太が首を傾げていると、ペルレの兄がこちらへやってきた。そして頭を下げながら口を開く。

「不肖《ふしょう》な妹が失礼しました。あなたがあの軍勢を魔法で蹴散らしたのですね？　少しお話を伺いたいのですが、ご同行いただけますか？」

目つきはあまりよくないが、物腰は柔らかいな。

「断れる雰囲気でもなさそうだし、構いませんよ。……お食事代は持っていただけるんですかね？」

「もちろん」

「え、行くの？　なんか怪しくない？」

夏那が俺に耳打ちをしてきた。

するとと水樹ちゃんがやはり小声で返す。

「ペルレさんのお兄さんなら大丈夫じゃないかな？」

「僕はリクさんがいいならついて行きます」

内緒話をする俺達を、ペルレの兄は怪訝そうに眺める。

「どうしましたか？　あ、飲み物は新しいものを用意しますので、選んでください」

「それにしてもペルレの兄にしては礼儀正しいわね……？」

夏那が訝しんで眉を顰《ひそ》めるが、水樹ちゃんと風太は特に異論がないということで彼らについて行くことになった。

ちなみに飲み物だが俺はビールで、三人にはさっきと同じジュースを頼んでもらった。

酒場内を別室に向かって歩く俺達に、声をかけてくる奴らがいた。

「お、兄ちゃん達、ギルドの姉ちゃんと飲むのか。いいねえ」

「いや待て。おい、あれ……」

「マジか……」

「なにかしら？」

事情を知っている奴とそうでない人間の温度感が、三人組の正体についての俺の考えを確実なものにしていく。

とりあえず今は高校生達には黙っておくかと、ペルレ達について行く。

案内された二階の小部屋はソファやキレイなテーブルが設置されており、会合とかで使えそうな印象を受けた。

「お先にどうぞ」

「ああ」

先に座るよう促されて奥のソファに並んで座ると、髭のおっさんが中央に座り、両脇をペルレの兄とヴァルカと呼ばれた男が挟んだ。

「どうぞ」

「あ、どうも」

「ふふ、ごゆっくり」

ウェイトレスが新しいジョッキとグラスを俺達の前に置いて立ち去ると、髭のおっさんが口を開いた。

「急に呼びつけてすまなかった。まずはこの出会いに乾杯をしようじゃないか」

その言葉に、俺は礼を返す。

「ええ、ありがとうございます」

「では僭越《せんえつ》ながらこのわたしが……いえー！　かんぱーい!!」

「「「乾杯」」」

ペルレが乾杯の音頭を取ってグラスやジョッキを掲げる。俺が先に口をつけて問題ないことを確認してから目で促すと三人もグラスに口をつけた。

「んー、美味しい！」

「苦いけど癖になる味ですね」

夏那と水樹ちゃんは同性のペルレが居るせいか、あまり気にした感じはない。

だが、風太はなにかを察したようで、少しだけ緊張しながら俺をチラ見してくる。

一杯付き合ったし、そろそろいいかと俺から話を切り出す。

「ふう、美味い。さて、自己紹介がまだでしたね。俺の名前はリクといいます。早速ですが、俺達をここへ呼んだ理由を伺ってもいいですか？　魔法は確かに使いましたが、あれくらいの使い手は帝国にも居るでしょう。それと、あなた方は高貴な身分の方とお見受けしますが？」

「……！」

ペルレ兄の目がピクリと動くのを見て、俺はビンゴだと確信する。

そこで髭のおっさんが眼鏡を外し、笑みを浮かべて口を開く。

「なかなかの慧眼を持っているようだな。俺の名はクラオーレ。ヴァッフェ帝国の皇帝だ。よろしくな、リク君」

「なんだって!?」

そこで風太が目を見開いて驚愕の声を上げた。俺はどこかの貴族かと思っていたが、まさかトップが酒場で人探しとは……

「俺はヴァルカ。騎士団長をやっている」

「私は――」

ヴァルカに続いてツリ目の男が話そうとしたところでペルレが割り込んだ。

「キルシートという名前ではわたしの兄ちゃんです。最年少宰相《さいしょう》という、そこそこの経歴を持っていますね！」

「勝手に話すな！」

「嘘は言ってないんだから、別に構わないでしょうに」

ペルレが悪びれた様子もなく、ビールを口にしながら笑う。キルシートは苦労人かと感じた。

「あははは！　皇帝陛下がこんなところにいるわけないですよ！」

「夏那ちゃん、笑ったらダメだよ、うふふふふ」

そしてそのやりとりを見ていた夏那と水樹ちゃんがそう言って笑い合う。

また妙なテンションになってきたな。

「お前達、大丈夫か？　失礼、ウチの連れが」

「いや、構わん。その娘が言う通り、町の酒場で飲むような立場ではないのは承知している。だが色々とメリットもある。ギルドの報告だけでは聞けないような話を、町や酒場に来れば聞ける。そう、ちょうど今、君があの時の魔法を使った人間だというようにな」

確かに言っていることは一理ある。俺もことあるごとに散々言っているが、情報は多く、それが正確であればなおよい。

そして情報の真偽を確かめたければ、自分の目と耳で確認をするのが一番だ。

「でも自ら出向くのは危険ではないでしょうか……？　それに戦えそうなのが騎士団長さんお一人

だとなにかあった時に、と考えてしまって」

風太が恐る恐るといった感じで尋ねる。

「まあ、伊達《だて》にそういう役職についていないさ。坊主、名前は？」

「風太です」

「ふむ、いい目だな。心配してくれるのはありがたいが、俺や陛下はただ指揮をしているだけじゃないんだぜ？」

「それはヴァルカさんの鍛えられた体を見れば分かります。でも例えばこういう狭い場所で僕達が曲者《くせもの》だったら？　とふと思ったんです。気を悪くされたならすみません」

風太が頭を下げると、キルシートが眼鏡の位置を直しながら口を開いた。

「フッ、優しいことだ。まあ私も危険だと再三お伝えしているのだが……」

「おっと、話の腰を折りましたね、失礼。陛下続きを」

ヴァルカが苦笑しながらキルシートを遮って、クラオーレ陛下へとバトンを渡す。キルシートは苦々しい顔をヴァルカに向ける。

まあ、だいたいの力関係は分かった気がするな。キルシートとヴァルカの二人は元々友人ってところかね。

そこでクラオーレ陛下が咳払いをして話を戻す。

「それでリクと言ったか。あの魔法はいつでも撃てるものだろうか？」

「ええ。まあ、体調がすこぶる悪いとかでなければ。それがなにか？」

クラオーレ陛下は俺の言葉を聞いて小さく頷くと、続けて提案を口にする。

「率直に言うぞ。報酬は弾む。その代わり前線で戦ってもらえないだろうか？」

「リクさん、これは……」

「ふむ……」

皇帝陛下自らの依頼、か。

ここに来てまだ二日だというのにこれは僥倖だな。

話は早いほうがいい。だが、今の段階で『ではお願いします』と即答するのは難しい。

帝国に限らず、現状この世界で一番必要なもの、それは強い戦力だ。

ロカリスやエラトリア王国が俺を引き止めようとしたのは記憶に新しい。

魔族を一掃する魔法を目の当たりにしたら、それを使える俺をスカウトしたいと思うのは当然のことだ。

問題は、彼らがどういう人間かを俺が知らないということだ。それを確認する時間は欲しい。

帝国に来てすぐに城へ協力を仰がなかった理由は、大陸の統一を掲げている彼らが味方になるか分からなかったからだ。

ヴァッフェ帝国は大陸を統一しようとしていた。

大陸統一を掲げるということは、いずれ他の国へ戦争を仕掛ける可能性がある。

アキラスではないが、もし風太達が勇者だと知られた場合、風太達を尖兵《せんぺい》として、まずその野望を達成しようと動き出すかもしれない。

「りくー？　どうしたの？　難しい顔をして～」

「頬を引っ張るな、夏那」

しかし前線に出ること自体は、願ってもないチャンス。ギルドで契約をさっさと交わした理由は、下手に戦闘に関与して、契約をしていないのに戦いの邪魔をしたと目をつけられるのが面倒だったからに他ならない。

ならばと、俺は口を開く。

「クラオーレ陛下、その話を受けさせていただきます」

「おお」

「ただ、前線に出るということは危険を伴います。こいつらはまだ若い。その危険に見合う報酬を貰えることを、今、確約していただきたいのですが、いかがでしょう」

「む……」

キルシートの眉がピクリと動く。

向こうとしては自分達で契約の条件を決めたいと考えていたのだろう。しかし、ここは先手を打たせてもらうとしよう。

クラオーレ陛下が小さく頷いてからジョッキに口をつけ、一口飲んでから口を開いた。

「確かに、相応の報酬は必要になるだろうな。どうすればいいと思う？　キルシート」

「ハッ……魔族を退けた活躍を加味して報酬を決めるべきと考えます。ですがあの魔法を本当に撃てるか……いえ、連続で使用できるかはまだ確実ではありませんし、ここで決めてしまうのは早計かと」

熟慮するよう諫言《かんげん》するキルシート。まあ頭が回りそうな男だし、これくらいの提案はしてくるか。

しかし俺達はこいつの妹であるペルレのせいでここにいるので、少し苦労してもらうとしよう。

「いやいや、要求を持ってきたのはそっちなんですから、融通《ゆうづう》を利かせていただきたいですね。せっかくなのでこちらの要求を先に提案しましょう。こちらの要求はひとつです、船を一艘《そう》いただきたい」

「な!?」

「へえ……」

さっさとこっちの要求を訴えて選択肢を狭めておけば、相手の出方を絞ることができる。

キルシートは驚愕の表情を浮かべ、ヴァルカは興味深げに目を細めて笑う。

そしてクラオーレ陛下は――

「ふははははは!! 有無を言わせず要求を突きつけてくるとは面白いな、リク殿！」

そう言って大笑いしていた。陛下はノリがよさそうな感じだな。彼はもう一度ジョッキを口につけてから息を吐いて尋ねてくる。

「船……大型船か？」

「いや、中型程度。最悪、俺達四人が乗れる程度のものでも大丈夫です。本当なら、もっと功績を上げてからギルド経由で交渉するつもりだったんですよ」

「そうなのか。確かにあれだけの攻撃ができるなら、戦功は取れるだろうな」

「しかしそこのアホ娘のせいでこんなことになっていましてね。それで、この交渉はいかがですかね陛下？」

「誰がアホ娘ですってぇ!?」

「よせペルレ。……ふむ、小型でも船一艘となるとかなりの資産だ。逆に問うが、本当にそれほどの活躍ができるのか？」

陛下はそう言って顎の髭を撫でながら『船を与えるほどの活躍ができるとは思えない』という目で俺を見る。

ふむ、さすがに即答はしないか。なら、もうちょっと情報を流してみるか。俺は口元に笑みを浮かべてわざとらしく手を広げた。

「ま、そうでしょうな。……実を言うと俺はこのヴァッファ帝国を攻めている魔族の親玉とちょっと因縁《いんねん》がありましてね」

「ぶっ!?　げほ、げほ……リクさん、それは――」

飲み物を噴出しながら驚く風太を俺は制する。

「やだ、風太。酔っているの～？　あははは！」

夏那の様子を見るに、宴会はしばらく控えた方がよさそうだな。

「魔族を倒すためにここまで来た。だから前線に行くのは願ってもない話なんです」

「ほう……」

クラオーレ陛下は髭を撫で、顎に手を当てて神妙な顔をしている。魔族幹部を倒すという話は手ごたえがありそうだ。

俺はもう少し踏み込んで話してみることにした。

「魔物の群勢は俺がなんとかします。ペルレに聞いてもらえば分かることですが、俺のランクはAだ。それに、この国に居る騎士数人を相手にしても勝てる自信があります。信じるのは難しいだろうから、模擬戦でもなんでもしてくれて構いません」

「……言うねえ。Sランクでもないのにその自信か。陛下、この男がそれだけ戦えるなら船一艘くらいはいいと思いますぜ。……実力は俺が直接見ます」

ヴァルカがそう言いながら目を細めて俺を見てくる。

「任せていいのか？」

「もちろん」

ちょっと煽りすぎたが話を早く進めるならこれくらいでいい。

強気な発言をしたのは、船をどう使うかという疑問を思考から外させるためでもある。

向こうは俺達の戦力を要求しているし、レムニティの討伐を視野に入れている。

船と俺の戦力を天秤にかけた場合、それほど無茶な要求ではないと思う。後はそれを俺達が遂行できると判断してくれれば、だな。ま、ここで口約束すらできなくても、問題はない。

そうなればギルド経由で戦い続けて、本命のレムニティを見つけるだけ。船はここにしかないということもないだろうし、金を積んで作ってもらうことも考えている。

「……陛下」

「ん」

クラオーレ陛下にキルシートが耳打ちをし、帝国側の三人が答えを出すのを黙って待つ。

さてどう出る？

すると夏那が胸に手を置いてから口を開いた。

「あたし達も戦力になりますよ～？　リクほどではありませんけど、魔法も使えまひゅ。ひっく。船一艘で魔族の指揮官が討伐できると考えれば悪くないのれは？」

「ふむ」

ノンアル飲料のはずなのになぜか怪しい呂律《ろれつ》で、夏那がそう口にし『考えるまでもないでしょ？』とでも言いたげな雰囲気で、不敵な笑みを浮かべる。

五十年前に魔族が出てきたならかなりの時間戦っているわけで、陛下はケリをどこかで必ずつけたいと考えているはず。

夏那は敵にずっと攻め続けられるよりは俺達に賭けてみてもいいのでは、と提案しているのだ。

「……よし、その要求を呑もうではないか。あの威力を常に出して戦い続けることができるなら、という条件でだが」

「そこはお任せしてもらって構いませんよ。むしろ一発しか見ていなくて声をかけてきたことに驚きました」

「その理由は後ほど話そう。それと、魔族の幹部を倒すことができれば、船のみでなく他にも報酬を用意しよう」

「オッケー。交渉成立ってことで、よろしくお願いします、陛下。それにしても追加の報酬までくれるとは思いませんでした」

「倒せるなら倒したい。そうすればこの国のみならず他の国も……ま、その話も今度だな。今日はとりあえず……飲もうではないか！」

「せっかく緊張感をもって交渉していたのに……」

キルシートがそう言って肩を落とす。

「まあまあいいじゃありませんか、兄ちゃん。わたしのおかげでいい人材が手に入ったと思えば！」

キルシートが氷の入ったグラスを口にすると、ペルレが肩をバンバン叩きながらそんなことを言う。

さらに今度は俺に目を向けて面倒臭いことを言い出した。

「最初リクさんを見た時に、タダ者じゃないと思っていたんですよ〜。そんな小娘じゃなく、わたしと付き合いませんか？」

「お前、おっさんとか言って俺のこと笑ってたろうが」

「あれは気の迷いでした！」

そういやこいつには釘を刺しておかないとな。

「いや、お前は後でお仕置きさせてもらうぞ？　キルシートさん、いいか？」

「それは構わない」

「構う!?　構いますって！　というかなぜ!?」

「そりゃお前、あんな人がたくさんいるところで人の能力をばらすような真似をするからだろうが。周りの人間が味方とは限らない。俺の力を使って国を掌握したい、なんて奴が居たらどう責任を取る？」

「あぁう……」

俺が一気に捲《まく》し立てると、ペルレは青い顔で震え出す。

ギルドには報告する義務はあるだろうが、あの場で言いふらすようなことをする必要はなかったはずだからな。

「今後ああいうことをしたら魔族討伐は辞めさせてもらう。船も要らない、即座にこの国を出て行く」

「あ、あの、リクさん？　後でお酒を奢りますから……勘弁を……」

「重ねて申し訳ない……」

ペルレが震えながら言い、キルシートが頭を下げた。

「リクさんは怒ると怖いですからね、本当に気をつけたほうがいいですよ、ペルレさん」

「うふふ、ペルレさんにお仕置き……」

風太が真面目な顔で説明し、さっきまで大人しかった水樹ちゃんがニヤリと口の端を上げて笑う。

「ひぃ、目が笑ってない……!?」

それからは緊張のあった空気が解けて、改めて高校生組の紹介ができた。

水樹ちゃんと夏那は少し陽気な感じだったが、風太は普通だった。

さて正直な話、ここまで話が進んだのは計画外だ。じっくり帝国のことを知ってからだと思っていたからな。

それでもいずれ通る道なので早まったことに異論はないがな。

「では、今日のところはこれくらいにしておこうか」

「今度お酒を奢りますからね？　あ、わたしの部屋で飲みます？」

「そういうのはしなくていいっての」

「酷い、わたしこれでも変なのにモテるんですよ!?」

「あははははは！　ダメでしょそれは～」

謎の主張をするペルレに、夏那が笑いながら突っ込みを入れていた。

明日、もう少し詳しく話を聞く場を設けるということが決まり、この場はお開きとなった。

明日の朝に城から迎えが来るということを伝え、三人は城へ帰っていった。

俺は忙しくなりそうだなと思いながら、宿へと戻ったのだった。

◆　◇　◆

「リクか、面白い男のようだな」

クラオーレはリク達が去った道を見ながら、キルシートとヴァルカに話しかける。

そこでキルシートが眼鏡の位置を直しながら口を開く。

「船を欲しがるとは思いませんでしたが……海に出られないことを伝えなくてよかったのですか？」

「確かにそうだな。船に取りつく魔物のせいで出港はできないわけだし、後でなんか言われませんかね？」

ヴァルカはキルシートの言葉を受けて頷いた。

するとクラオーレは不敵な笑みを浮かべて二人へ答えた。

「構わん。リク殿が強者であるなら、利用しない手はないだろう？　船には固執《こしつ》していたから、必要なはずだ。十分な働きをしてくれるだろう」

「……なるほど。あえて言わない、と」

キルシートは神妙な面持ちでそう返す。

「海に出られないと知ったら、依頼を止めるかもしれんからな。では、城へ戻るぞ。忙しくなりそうだ」

クラオーレはそう言って踵《きびす》を返し、城へと歩き出す。ヴァッフェ帝国の皇帝は強《したた》かな男だった——

第四章　リクの実力と帝国の思惑

——宴会の翌日。部屋のベッドで寝転がっているとノックの音と共にパジャマ姿の夏那が入ってきた。

「ふあ……おはよ。早いわねリク……。って、あんまり寝付けないんだっけ？」

「おはよう夏那。まあ、いつも通りだ。どうした？」

「ん……」

夏那はなんとも言えない表情で俺のベッドの横にある椅子に座る。それはともかく、長い滞在になりそうだから個別に部屋を取ったのでここは俺の部屋である。

起きたらまず俺の部屋へ集まるよう言ってあったのだが……パジャマのまま来るのはどうだろうな？

ちなみにパジャマはグランシア神聖国でメイディ婆さんとショッピングをした時に買ったもので、水樹ちゃんも違うタイプのパジャマを買っていたりする。ただちょうどいいサイズがなかったので二人とも七分丈のようになってしまっている。

夏那は寝ぐせのある髪を掻きながら、俺が差し出した水を口に含む。すると目が覚めたようで、背伸びをしながら口を開く。

「ぷは！　リクも安心して眠れるようになるといいのにね。魔王を倒したら気が晴れるとか？」

「どうかな。結局のところ、イリスのことが引っかかったままだから難しいかもな」

俺は自ら手にかけたかつての異世界での恋人のことを思い返しながら言う。

すると夏那は気まずそうな顔をした。

「そっか……」

「まあ、俺のことはいい。昨日は楽しそうだったが、今の気分はどうだ？」

「あ、ああ、うん。超スッキリしているわ！」

若さゆえか、遅くまで開かれていた昨日の宴会を経ても、夏那は元気そうだった。それならと俺は夏那に頼みごとをする。

「なら、あれをなんとかしてくれるか？」

「え？　……ああ」

『わたしは要らない子なんだ……わたしは要らない子なんだ……』

俺が指を指した先では、リーチェが机の上で体育座りをしながらぶつぶつとネガティブ発言をしていた。あいつのせいで寝られないというのも少しある。

昨晩はなんだかんだで夜中まで飲み食いをしたわけだが、懐《ふところ》に入れていたリーチェのことをすっかり忘れていた。宿に帰った時に気づいたものの、リーチェ用の飯がなにもなかったのだ……

宿の主人に硬いパンとミルクを貰って与えたが、食べた後に不貞腐《ふてくさ》れてああなった。

『あはは、元の世界に帰りたいなあ……そしてファングと遊ぶんだ……』

ちなみに、ファングというのは、前の世界で俺がテイムしたホワイトウルフのことである。

「しっかりしてリーチェ、昨日はあたし達が悪かったって！　だって仕方ないじゃない、あんたをみんなに見せるわけにはいかないんだし」

『人間はいつもそう。『仕方ない』。そんな言葉で誤魔化して自分を正当化しようとする……』

「……」

リーチェにそう返され黙って下を向く夏那。心なしか拳が震えている気がする。

『そしてわたしはまた捨てられるのよ……ぶふぇ!?　なにすんのよ、カナ！』

夏那がリーチェのことをデコピンする。

「ええい、鬱陶《うっとう》しい！　ちょっと一緒に騒げなかったからってうじうじしないの！」

『なにおう！　パジャマの丈が合ってないくせに！』

「なによ！」

どうでもいいところを突くリーチェだった。

醜い争いが始まったが、俺達に構ってもらえなかったのが寂しかっただけなので、こうして遊んでやればリーチェはすぐ元気になるだろう。

とりあえずやらせておくかと俺がコップに水を入れたところで、風太と水樹ちゃんも部屋に入ってくる。

「おはようございます」

「あふ……おはようございますー……夏那ちゃん、朝から元気だねえ……」

「風太に水樹ちゃんも起きたか。よく眠れたか？」

スッキリした顔の風太と、まだ覚めきっていない水樹ちゃんが対照的だったので、思わず苦笑してしまう。

「いやあ、はは……僕はぐっすりでした……警戒とかしないといけないのに……」

「はは、それは野営の時にでも頑張れ。戦闘する時の技能とは神経の使い方がまた違うからな。訓練もやってみるか？」

「是非！」

「私もやりま……ふあ……きゃあ⁉」

「うお⁉」

フラフラと頭を揺らす水樹ちゃんの顔にリーチェが張り付き、俺はその突拍子《とっぴょうし》もない行動に驚き、口にしていた水を噴いてしまった。

その直後、夏那が頬を膨らませながら近づいていく。

『おっと、それ以上近づくとミズキの顔がどうなるか分からないわよ？』

「くっ……リーチェ、卑怯よ」

「ふああ……くすぐったいよ、リーチェちゃん。眼鏡が外れちゃう」

「今だ！」

『ミズキも大人しくしなさい！　おっと⁉』

水樹ちゃんの頭上で動き回るリーチェを掴まえようとする夏那。

そろそろうるさくなってきたので、俺が指でリーチェの羽を挟んで捕まえた。

『ぎゃあ⁉　蛮族《ばんぞく》に捕まった！』

「ナイスよ！　リク！」

「誰が蛮族だ。お前も暴れるな」

「痛い⁉」

夏那の頭を軽く小突いて『茶番は終わりだ』とリーチェを夏那に向かって放り投げる。

ひらりと舞ったリーチェが口を尖らせていた。

『ちぇー』

「朝から動いたわねー。リーチェ、おいで」

『ほーい』

「喧嘩していたんじゃなかったのかい……？」

風太が夏那の頭に乗るリーチェを見て苦笑する。その間に髪を整えて一息ついた水樹ちゃんが口を開く。

「ふう……それでリクさん、昨日の件ですけど、城へ行きますか？　ヴァルカさんはリクさんの力を見たいって言っていましたよね」

「ああ。当初と予定が変わったが、よくあることだ。なら最短で船が手に入るよう動くまでだ。実力は、とりあえず俺がちょっと撫でてやれば分かってもらえるだろう」

「僕達はいいんですか？」

「切り札として取っておきたいから、お前達は出さない。これは向こうに頼まれてもな」

恐らく、ヴァルカ含め帝国首脳陣は俺が使ったあの魔法がペルレの見間違いじゃないことへの再確認をしたいのだと思う。だから適当に魔法をぶっ放してやれば納得してもらえるはずだ。

風太達の実力を見たいと言われれば、そこまで手の内を見せてやれないとでも言って黙らせればいい。

「そういえばペルレの罰はどうなったの？」

夏那が思い出したように聞いてきた。

「あれは保留にしてある。いつか罰を受けるという気持ちを抱えさせたまま放置しておいたほうが効果はある」

「あの人のことだからその内我慢できなくなって『罰を与えてください』って言いそう……」

風太が苦笑いをしながらそう言った。

不安を煽るだけで抑止力になるし、どのようなペナルティを与えられるか考える時間もできるからこれでいいのだ。

「それじゃ今日から城で寝泊りするの？」

「そこは交渉だな。といっても俺は前線でキャンプを張れるかどうかを聞くつもりだが」

「ああ、ハリソン達も一緒がいいですもんね」

風太が的外れなことを口にしてふにゃりと顔を綻《ほころ》ばせた。こいつは馬に対しても優しいんだよな。

まあ、風太の言う通り、連れていたほうが安心ではある。

『わたしも、また隠れなきゃいけないんだけど。そっちの心配もしてよ、フウタ』

「はは、ごめんよ。今日は僕のポケットに入っているかい？」

そんな会話をしながら笑い合い、迎えが来る前に朝食と着替えを済ませてから厩舎にハリソン達の様子を見に行く。

そして宿に戻って、昨日の別れ際に出すと言っていた、城からの迎えを外で待つことにした。

「お迎えが来るって言ってたけど、本当かしら」

「あ、来たかも？」

しばらくしてから豪華な馬車がこちらへ向かってくるのが見えた。

そこへタスクとミーアがあくびをしながら宿から出てくる。

「あふ……おはよぉカナ」

「おはようミーア。眠そうじゃない」

「うん、昨日の片づけで体力を使っちゃったからさ。今日は交代日で休みだから町の地形を確認するつもりよ。カナ達は揃って買い物？」

そう聞いてきたミーアに夏那が答えるより先に、タスクも口を開いた。

「というか魔族が来ないと楽だよな、この契約。というわけでミズキ、オレとデートがてら町を回らないか？」

風太を視線で牽制しながら、水樹ちゃんへアプローチをかけるタスク。だが、水樹ちゃんは不敵な笑みを浮かべてそれをあしらう。

「今から用事があるから、それは無理ですね」

「用事……？　って、なんか随分豪華な馬車がこっちに来るな。ん？　止まった？」

近づいてきた馬車をタスクが訝しんでいると、馬車からキルシートが降りてきて俺達に頭を下げた。

「お待たせしましたリク殿。これで城まで向かいます。お乗りください」

「ああ、助かります」

「『城ぉ⁉』」

俺がキルシートに頭を下げたところで二人が揃って叫ぶ。仲いいな、やっぱり。そんなことを考えているとミーアが夏那に詰め寄っていた。

「ちょっとカナ、どういうことよ⁉　まだここへ来て三日目で城に呼ばれるようなことしたの⁉　犯罪⁉」

「違うわよ⁉　ま、ウチのリーダーは頼りになるってことくらいしか言えないわね！」

「そ、そこまでなのか……？」

タスクが困惑の声を上げる。

「ええ、リクさんは凄いんですよ！　行こう風太君、夏那ちゃん！」

驚愕するタスクに、水樹ちゃんがウインクをしながら二人の手を取って馬車へ乗り込んだ。

ポカンと口を開けて見送る二人。

「それじゃあまたな、ミーア」

「おおう、大人の余裕……リクさん、ちょっといいかも……」

「ミーア！」

なんかぶつぶつ言っていたミーアと激高するタスクをよそに馬車は進み出す。俺は深く座席に腰掛け、キルシートへ声をかける。

「さすがにペルレは居ないか」

「妹は単なるギルドの職員ですからね。アレが居るとややこしくなりますから呼びませんよ。こちらの弱みを増やすのは避けたい」

「納得だ」

俺は話を切り上げて窓の外に目を向けて城までの景色を見ておくことにした。

港は……あっちか？

「リクさん？」

風太が恐る恐るといった感じで聞いてくる。顔が険しくなっていたか？

「ん？　ああ、俺達が手に入れる船はどこかなって思ってよ」

「あ、そうね。船を貰う約束だもんね」

夏那が手をポンと打って微笑むと、キルシートが眼鏡の位置を直しながら言う。

「フッ、もう手に入れた気でいるのですね」

「まあな。昨日も言ったが、自信アリってやつさ」

「楽しみです」

そんな会話をしながら、馬車が小高い丘の上へと差しかかる。

馬車はゆっくりと丘を登っていき、終点の城へ到着した。

入城して敷地内を進み、鉄の打ち合う音が響く広場へ連れて行かれた。

「訓練場って感じですね」

風太がそんな感想を口にする。

「ではここで降りていただきます。この後は騎士団長のヴァルカに案内が変わります」

馬車が完全に止まると、キルシートが口を開いた。

「ああ、分かった。その後のこともヴァルカに任せてあるのか？」

俺はキルシートの説明に頷きつつ、訓練後のことも尋ねる。

「そうですね、ヴァルカの期待を満たせなければ、陛下とお話し合いがあるかもしれません」

「承知した」

そう言って俺は馬車から降り、三人がそれに続く。

俺の実力次第では報酬が下がるとでも言いたげだが、クラオーレ陛下やキルシートは俺が魔法を放ったところを目の当たりにしていないから仕方がない。

きちんとその目で見ないと信用できないたちなのだろう。

背を向けて歩き出すキルシートの背中を見て、夏那が鼻を鳴らして腰に手を当てる。

「さあて、あの人達にぎゃふんと言わせないとね！」

「喧嘩をしに来たわけじゃないからね、夏那ちゃん」

水樹ちゃんが夏那を宥める。

「分かってるって。でも本当に手加減するの？」

俺の顔を覗き込みながらにやりと笑う夏那。手加減してほしくないという思いを感じる表情だな。

そこで俺の後ろに立っていた風太が口を開く。

「相手次第じゃないかな。さすがに騎士団長のヴァルカさんがいきなり出てくるとは思えないけど……模擬戦なら少しずつ手の内を明かりとかでもいいんじゃない？」

「確かに風太の言うのも一理ある。だけど魔法の威力を見せるだけなら相手は必要ないと思うぞ？　魔族を一気に蹴散らすにはやっぱ魔法だし、向こうも木の人形あたりを用意しているかもしれん」

「あー、だから訓練場なんですかね」

風太が納得したような声を上げていると、ヴァルカが歩いてくるのが見えた。

「よーう、お揃いだな！　今日はよろしく頼むぜ」

手を上げて挨拶をするヴァルカに、俺も挨拶を返す。

「よろしく頼む」

「よろしくお願いしまーす！」

夏那も元気に言う。

「はっは！　元気だな！　ウチの連中にも見習ってもらいたいもんだ。んじゃ、こっちへ来てくれ」

挨拶を済ませてからすぐにヴァルカが踵《きびす》を返して片手を上げると、そのまま歩き出す。

さて、なにをさせられるのやら。少し距離を取りつつ後をついて行くと、怪しげな光景が目に入る。

「……道端で倒れている人が居るわね」

「う、うん、ちょっとびっくりしたかも」

死屍累々《ししるいるい》という言葉が似合う状況に、夏那と水樹ちゃんが顔を見合わせて冷や汗をかく。

「あ？　ああ、そいつらは訓練中にギブアップした奴らだ。新米騎士にはよくあるから気にしないでくれ。ま、無理強いして逃げられたら困るし、休ませてやってるってわけだ」

嘔吐《おうと》したりぐったりしたりしている騎士の間を抜けてしばらく歩く。

「見ろ、風太。これがブラック企業というやつだ」

「ええー……そういえばリクさんの会社ってどうだったんですか？」

「グレーだな」

「そ、そうですか」

黒に近い、とはあえて言わないでおく。

しかしまあ放っておかれる程度で済んでいるなら、ブラックとまではいかないか？　酷い国なら飯抜きとかあるからな。特に戦闘国家だとそういうのが多い。

「到着だ」

ほどなくしてヴァルカが立ち止まり、首だけ振り返って笑う。眼前には学校のグラウンドのような広場があった。

そこには数十人の騎士が整列して立っており、少し圧倒されるなと感じる。

「わ、騎士の整列です」

「だね……」

案の定、水樹ちゃんと風太が固くなっているので、俺は首を鳴らしながら一歩前へ出る。

「さて、言われるがままここへ来たわけだが……なにをすればいいんだ？」

俺はヴァルカに向かって聞く。

「む、貴様……！　団長へなんという口の利き方！」

「客人といえども許せんな……」

俺の言葉に騎士達の空気がピリッとし、各人が憤《いきどお》る。まあ尊敬する団長にタメ口を使われるのは看過《かんか》できないといった感じか。

「あんまりなご挨拶じゃない？　そっちが来てくれって言うから来たのにさ」

「お、おい、夏那……」

口を尖らせる夏那を風太が止める。

「気にするな、フウタ。お前達もやめろ。陛下のお客様だぞ」

ヴァルカが騎士達を宥めると場が静かになった。

ヴァルカは騎士達を一瞥《いちべつ》した後、肩を竦めながら俺達に向き直り、会話を続ける。

「まあ昨日も言ったが、お前達の実力を確認したい。ペルレちゃんの見間違いかもしれないからな。……世の中には幻覚を見せる魔法もあることだしな」

「疑う気持ちは分かる。信じてもらうにはどうすればいい？」

「もちろん考えているぞ。おい！　……ほら」

ヴァルカが呼びかけた騎士から木剣を受け取り、俺に投げてきた。それを空中で受け取ってから聞き返す。

「誰かと模擬戦ってことでいいのか」

「ああ、相手はこの俺。試験官としては間違いないだろ。さ、みんな下がっていろ」

騎士団長自らとは少し意外だな。騎士達は『自分達でいいのに』と不満を小声で漏らしていた。

「おし。なら風太達も離れていろ」

「あ、はい……」

俺は身に着けていたマントを風太に預け、木剣を回しながら広場の中央へ移動する。

ヴァルカは木剣を肩に置いて不敵に笑う。俺が少し距離を取った場所で対峙《たいじ》し木剣を構えると、奴が口を開いた。

「それじゃ……行くぜ？」

「ああ。いつでも――」

俺が肯定を口にした瞬間、ヴァルカが真っすぐ俺に向かって突っ込んできた。作戦もなにもないと言わんばかりに、剣に体重を乗せて振り下ろしてくる。

「む……！」

俺はそれを剣を横にしてガードする。

力を溜めた一撃は俺の手を一瞬痺れさせた。格好をつけたわけじゃなく、あの体勢は本来の構えだったようだ。

「いい威力だ……騎士団長は伊達じゃないな」

「終わりじゃないぜ！」

ヴァルカはそのまま斬撃を繰り出してくる。片手で振り回す木剣の剣筋は鋭く、それでいてまるで鞭《むち》のようにしなやかな軌道を描いて急所を狙ってくる。

「っと、速いな。ならこっちもそれに合わせてやる」

「チッ」

それをかわしつつ、大体の動きを見た後、俺は反撃に転じる。

速く鋭い攻撃だが、狙いはおおむね喉や鳩尾《みぞおち》、頭といった急所が多く、間合いをかなり詰めてくる。なのでそれらを弾いてから前へ踏み出せば、おいそれと次の攻撃を繰り出せなくなると判断した。

「そら！」

「まだまだ」

木剣がぶつかり、押し合いになる。膠着《こうちゃく》状態となり次の行動を考えていると、ヴァルカが顔を近づけて呟く。

「……それで、昨日ペルレちゃんにどんなお仕置きをしたんだ？」

「は？」

「あの会議の後だよ！　お仕置きするって言ってただろ！　くうう……やっぱ部屋に連れ込んであんなことやこんなことをしたのか⁉」

「いやいや、そんなことしてないし、なんでここでその話が出るんだよ⁉」

「うるせぇ！　俺のペルレちゃんを！」

「なんだってんだ？　……む！」

ヴァルカは俺を蹴り飛ばし、距離を取った。

すかさず足が地面にめり込むほどの力で踏み込み、追撃を繰り出してくる。

力任せの一撃なら刃を受けて逸らせば力を逃せる。俺は刃を滑らせた後、返す刀で脇腹を狙うと、ヴァルカはすぐにバックステップでそれを回避した。

「うらぁぁぁぁ！」

「リク、本気出さないとまずいって！」

素早い連撃を繰り出してきたヴァルカを見て、夏那が飛び跳ねながら俺に言う。

今まで見てきた騎士団長は直接手合わせをしていないので比べるのは難しいが、こいつは戦闘に特化しているな。

いや、的確に急所を狙ってくるあたり、相手を殺すという意味ではもっとも強いかもしれない。

俺は半分の実力も出していないが、こいつもまだ余裕がありそうだ。

それよりも変な誤解を解くほうが先かと俺は声を上げた。

「まてまて！　お仕置きは保留していてまだなにもしていないぞ」

「マジか！　ならペルレちゃんを守るためにここでお前を倒しておくぜ！」

「結局そうなるのかよ!?　そら！」

「うご!?」

俺はヴァルカが大きく振り下ろしてきた斬撃を半身で回避し、柄で顎を叩く。これで倒れてくれれば楽だが――

「いてえな！　〈ファイヤーボール〉！」

――気絶するどころか、空いた手から俺へ〈ファイヤーボール〉を放ってきやがった！

「あぶねえ⁉　殺す気か！」

「大した強さじゃないならここでいっそ！」

「ふざけんな！」

足元で爆発する〈ファイヤーボール〉を回避し、右側面に回り込む。そこで文句を言いながら剣を叩きつけてやった。だが、それもガードしてタックルで反撃をしてきた。

「やるな」

「お前もな！」

「おお……なんだ、あの男。団長と互角《ごかく》にやり合うのか⁉」

「団長もまだ本気じゃない……が、この時間まで耐えられる奴は初めて見るぞ」

騎士達が驚嘆の声を上げる。

「へへん！　ウチのリクもまだ本気じゃないわよ？　やっちゃえリク！」

夏那が得意げにそう言うのが聞こえた。

「団長！　小娘に言われておりますぞ！　トドメをぉぉ！」

騎士の一人がそう言って地団駄を踏む。

「リクさん頑張って！」

騎士に負けじと水樹ちゃんも声援をくれた。

外野のほうが盛り上がってきたか。あっちで争い出したら面倒だしカタを付ける……というか本来の目的を果たすとするか。

「そらよ！」

俺が間合いを詰めて剣を振るうと、ヴァルカはまたも剣でガードした。

「チッ、Aランクにしちゃ強いじゃねえか……！」

「そいつはどうも。というかペルレはマジでどうでもいいから、私怨《しえん》はやめろ。気になるならとっととお前が口説けばいいだろう？　とりあえず……お前達の見たかったのはこいつだろ？

〈爆裂の螺旋《ブラスト》〉！」

「……！」

俺は左手を突き出してあの時の魔法をヴァルカのほうへ放った。

「これでやったわ……！」

夏那が拳を掲げて振るのが見える。

そのまま〈爆裂の螺旋《ブラスト》〉はヴァルカに直撃……はせず、奴の横をすり抜けて金属製の人形に命中。

赤熱した後、こっぱみじんになった。

「げっ⁉」

「「「嘘だろ⁉」」」

ヴァルカが振り返って冷や汗をかいて立ち尽くす。

周囲の騎士達も驚愕の声を上げた後にバラバラの人形に注目して静かになった。

そこで水樹ちゃんと夏那が抱き合って飛び跳ね、歓喜の声を上げる。

「さすがリクさん！」

「どうよ、騎士団長さん！　あの時の魔法は本物だったでしょ♪」

多分意識していないと思うが夏那がいいことを言った。そう、これはこいつとの勝ち負けの話ではなく、あくまで俺の強さを確認するため模擬戦だ。

叩きのめすと騎士団長のメンツが落ちるので、ヴァルカを倒すつもりは最初からなかった。他の騎士から恨みを買いそうだしな。

今後一緒に行動する可能性があるから、不用な衝突は避けたい。

「……さて、これがヴァルカ達の知りたかった俺の魔法だが、これで満足か？」

「……」

「だ、団長……」

騎士達が動揺する中、ヴァルカは固い動きで俺のほうへ向き直り、冷や汗をかいたままニヤリと笑って口を開く。

「……合格だ！　あの時、魔族を蹴散らした魔法で間違いない！」

「ま、それを見せるのが約束だったからな」

「その気にさせるためにちょっとだけ本気で襲いかかったんだ。悪かったな！」

「いや、絶対に嘘でしょ」

「まあまあ」

ペルレの件は本気っぽかったよねと夏那が訝しみ、それを風太が苦笑しながら抑えた。

魔法は見せたし、ペルレの件の誤解は解けた。わだかまりを残さず実力を見せられたので成功と言えるだろう。

「さあ、休憩は終わりだ！　騎士達はいつものメニューをこなせ！」

「「ハッ！」」

ヴァルカの指示で騎士達が散っていく。歩きながら「今の凄かったな」「あの男やるな」といった話をしていた。

「俺もちょっと片づけてくるぜ。少し待っていてくれ」

そう言ったヴァルカに対し、夏那が厳しい目を向ける。

「リクはペルレに興味ないから覚えておいてよね」

「あ、ああ、悪かったって」

夏那から顔を背けて手を叩きながら、騎士達の下へ向かうヴァルカ。

そんな彼を風太と夏那が口をへの字にし、視線で背中を追う。

「まったく、あれで騎士団長なの？　ロカリスのプラヴァスさんやエラトリアのニムロスさんみたいに真面目じゃないのね」

「ホントだよ。適当だなあ」

「ま、そう言ってやるな。ここまでずっと戦い続けているわけだし、実力は間違いなくある。町で冒険者と組んで戦っていた騎士達の動きも悪くなかった。そんな奴らのトップなんだから今の動きを最大だと思わないほうがいいぞ」

「でもペルレさんのことって言いがかりに近いですよ。あれで怒らずに高評価するリクさんが凄いと思いますけどね、私達は」

水樹ちゃんも不満そうだ。

「性格は人それぞれだからなあ。ま、どちらにせよ、今のお前達が一対一で勝てる相手じゃないぞ、ヴァルカは」

「いやあ、そこじゃないって。まあ懐の広さが違うってことね」

よく分からんが夏那が俺の腰を叩きながらドヤ顔をしていた。

実際、初撃以外の踏み込みの速度は申し分なく、いやらしい位置取りからの打ち込みもあった。姿勢を崩してからの〈ファイヤーボール〉も上手いと感じた。

ああやってふざけているのもわざとだと俺は考えているが、それはこれからの戦いで証明してくれるだろう。

そんな話をしていると、人形の片づけを手伝っている騎士達の会話が耳に入ってくる。

「鉄の塊が爆散するとは……ウチの魔法使いでもこれができるのは十人くらいだぞ」

「あの男、Aランクらしいぞ」

「にしては強い気が……団長、彼らは騎士希望ですか？」

そんな話をしていた。

「ふふん、リクの強さに驚いているようね！」

「だからどうしてお前がドヤ顔なんだよ。最近リーチェに毒されてないか？　っと、お出ましのようだ」

俺が気配を感じて視線を動かすと、両背後に騎士を連れたクラオーレ陛下が歩いてくるのが見えた。向こうもこちらに気づくと手を上げて近づいてくる。

「来ていたか。俺も見たかったが、すでに終わったようだな？」

「ええ、残念ながら。もう一発撃ちましょうか？」

俺が軽く魔法を撃ち出すジェスチャーをすると、クラオーレ陛下は運ばれている人形へ目を向けて口を開く。

「……あの人形を壊したのがリク殿なら問題あるまい。朝食は？」

「来る前に済ませました」

「そうか。俺は今からだが一緒にどうだ？　フルーツくらいなら食べられるだろう？」

「いただきます」

水樹ちゃんが眼鏡を光らせて即答した。やはり積極的になっているな。

するとクラオーレ陛下は小さく頷いてから、ヴァルカに声をかけた。

「ヴァルカ、彼らは使えるのだな？」

「おはようございます、陛下。ええ、問題なしかと。後は陛下から詳しい話をお願いします。ノヴェル、フラッド、陛下を頼む」

「分かった。では食事をしながら今後について話そう。ついてきてくれ」

俺達はクラオーレ陛下と、ノヴェル、フラッドと呼ばれたお供の騎士について訓練場を後にする。

この二人の騎士も隙がないな。

国全体の戦闘能力は今まで訪れたどの国よりも高いんじゃないだろうか？

まあ、魔族と全面戦争をやっている国はここが初めてなので絶対とは言えないが、帝国は戦い続けることで各人の能力が上がっているのだろう。

同じ状況ならプラヴァス達も実力を上げることができると思う。彼らも別に弱くはないが、実戦に勝る訓練はないのだ。

「僕も騎士さん達に交ざって訓練を受けたいですね。リクさん以外の人との模擬戦は、いい勉強になりそうですし」

「うん。訓練場を使わせてもらいたいかも」

風太と水樹ちゃんはやる気に満ちた顔で言うが、今回はそれよりもレムニティが最優先事項だ。

「俺達は遊撃で持ち場は城の外だ。今回は諦めてくれ」

それに前にも言ったが、風太達の実力という手札を見せる必要もまだない。

そんなことを考えていると、やがて食堂へ到着した。

「わ、キレイ」

最初から俺達と食べるつもりだったようで、席には人数分の食器が並べられていた。それを見て水樹ちゃんが手を合わせて表情を綻ばせていた。

使用人達が椅子を引いて座るように示してくれたので着席する。

少しして陛下が口を開いた。

「ではいただこう。君達も遠慮せずに食べてくれ」

「ありがとうございます。それで、俺達の望みは叶えていただけるんでしょうか？」

「ああ、能力は申し分ないと分かった今、断る理由もない。君達には前線で魔族と戦ってほしい」

陛下の前にはトーストと目玉焼き、コーンのスープに魚料理とサラダが並べられていた。意外にもヘルシーな食事をする陛下に、俺は釘を刺す。

「魔族の幹部を倒したら船をくれるという契約、忘れないでくださいよ」

「もちろんだ。しかし海に魔王の軍勢が存在するが、どうするつもりなのだ？」

「それは今お伝えできませんが、船は妙なことに使わないと約束しますよ」

「ふむ、まあ船はプレゼントのようなものだから、壊してしまっても構わないが」

船については問題なさそうだ。壊して後で修繕費《しゅうぜんひ》を請求されても困るから、この言質《げんち》を取れたのは大きい。

「それより陛下、あの魔族達はいつも同じ方角から来るんですか？　それとも毎回違う方角ですか？」

そこへ夏那が手を挙げて俺が欲しい情報を聞いてくれる。

「ふむ、その質問からとは面白い娘だ。そうだな、魔族連中は主に二つの方角からやってくる。南の海や、南東にある森から攻めてくるのだ」

「ということはおおよそ南から攻めてきているってことですか？」

「ああ」

風太の補足質問にも、クラオーレ陛下は頷いた。

ならこっちから攻めることもできるか。俺がそう思っていると、水樹ちゃんが話し出す。

「出現位置が判明しているなら、こちらから攻めてもよいのではないですか？」

すると水樹ちゃんが言い終わらぬうちに、隣に座っていたお付きの騎士が興奮気味に口を出す。

「口を慎《つつし》みたまえ。陛下は――」

「いい、ノヴェル」

それを即座に宥める陛下。

俺達は巨峰のような果物を口にして様子を伺う。

俺も来る方向がある程度一定なら殲滅戦も可能だと思う。冒険者も集まっているし上手く編成すれば戦えるんじゃないか？

だが――

「……ミズキ殿の言いたいことは分かる。もちろん、我々もそれを考えなかったわけではないのだ」

陛下は重々しく語り始めた。

「失敗、したんですか？」

水樹ちゃんが恐る恐る問う。

「それで済めばよかった。ヴァルカやこの騎士二人が、逃げ帰る魔族に追撃を仕掛けたことがあったのだが――」

曰く、逃げる動作は囮《おとり》で、魔族の別動隊が帝都と分断した部隊の両方を攻撃したため甚大《じんだい》な被害が出たそうだ。俺が前の最終決戦でノコノコと誘われた時のように。

その時、囮側にレムニティも居たらしいので幹部を討つチャンスではあったとのこと。しかし弱った相手に対する追撃戦だと思っていたら待ち伏せされてという状況はかなり分が悪い。

とはいえ、いつも正面から戦おうとするレムニティが、そういった搦め手を使うのは珍しいな。他に知恵を働かせる奴が居るのか？

あいつらは空を飛べるという圧倒的有利を持っているため、力押しをしてくる奴が多いんだよな。

ま、連中がなにを考えているか分からないが、今の話からするとその時のレムニティはまだ本気ではなさそうだ。もし本気ならヴァルカや二人の騎士はその時に死んでいただろう。

「……奴らが本気で攻めてこない今のうちに戦力を整えるための手段。それがギルドでの契約システムというわけだ。リク殿のような優秀な人材がもう少し居れば、城の防衛組と遠征組に分けて今度こそ幹部討伐を、と考えている」

「なるほど」

陛下の言葉に俺は頷き返す。

陛下も魔族が本気ではないと感づいていたようだ。

また、ギルドを上手く使い冒険者を組み込んでも指揮系統が統一できるシステムは賢いと思う。勝手に動かれると困るのはどこも同じだ。

「とりあえずギルドの契約はそのままに、ペルレの部隊から外れてもらう。そして成功時に特別報酬を払うということでいいかな？」

「それで構いません。金よりも船が必要なので。もし新しく造船してくれるなら俺達四人で動かせる大きさのものが欲しいです」

「そこは活躍次第としておこう」

「言質、いただきましたからね」

俺が不敵に笑ってクラオーレ陛下にそう言うと、両脇の騎士が不服そうな顔でこちらを見てくる。ヴァルカと違って部外者には警戒を解かないタイプのようだ。まあこれでバランスが取れているんだろう。

「前線には僕達の他にも部隊が居るんですか？」

今度は風太が手を挙げて聞いた。

「もちろんだ。騎士達がローテーションで入れ替わる。冒険者がその任に当たるのはお前達が初めてだから、テストケースということになるな」

「冒険者は居ないのか……」

風太が顎に手を当てて呟く。

色々理由はあるだろうが、市街戦に比べて範囲が広く、意思の疎通《そつう》が難しいため騎士だけにしているのかもしれない。

恐らくだが、俺くらいの実力、要するにAランク付近でようやく出していいかどうかって感じだな。

そもそも空を飛んでくるので、城の外に出て迎撃するとすれば魔法が使えないとな。

「ああ、それともう一つ。部隊は俺達四人で行動させてもらいます。心配であればお付きの騎士を貸してもらえると」

「分かった、そうしよう。必要なものをキルシートへメモかなにかで伝えてくれ。その後はギルドで待っていてほしい」

「承知しました」

確認事項は以上だと言われ、俺達は食堂を出る。そのままキルシートがいる部屋へ案内された。

俺は陛下との食事で決まったことをキルシートへ伝えた。

「騎士一人は早急に手配しましょう。すぐに準備して町の外へ向かってください」

「頼むよ。馬車は自前のを使う。食料を回してもらえると助かるが、できるか？　金は払う」

「最初なので一通り用意します。騎士に持って行かせますよ」

そんな話の後、地図を広げて魔族が飛んでくる方角と、俺達が待機する場所の位置を確認する。

「若い三人はBランクとのこと。無理だと判断したら町の中へ逃げてください。今は歯が立たずとも鍛えればいいだけなのですから」

「ありがとうございます」

風太が頭を下げると、キルシートは少しだけ微笑んでから小さく頷いた。

それと今回の件を念のため書面にして、お互いが一部ずつ持つことをキルシートに提案して了承された。作成された書類を懐に入れて準備完了だ。

「ではよろしくお願いします」

「こっちこそよろしく頼むよ。食料があれば後はなんとかなる」

「それと派遣する騎士ですが、男性と女性どちらが――」

「「男性で！」」

「おう!?」

キルシートが最後まで言うことなく、水樹ちゃんと夏那の声がハモる。

後ろに立っていたはずだが、急に俺の横に来て叫んだのでびっくりした。

「女性のほうがいいんじゃないか？」

「いやいや、魔族って硬いし、いざって時は力がありそうな人のほうがよくない？」

「女性騎士には魔法が使える者が多いので、遠距離攻撃には向いていますが……」

夏那の主張にキルシートが意見を言う。しかし、女子二人は同時に首を横に振ってそれを拒否した。

「そんなに頑《かたく》なに拒否する理由が分からないけど……」

風太が困惑しながら言う。

「まあ二人がいいなら俺は構わないが……真面目な奴を頼めるかい？　ヴァルカみたいなのはダメだ。後、イケメンじゃないほうがいい」

「ははは、リク殿、ペルレの件でヴァルカに絡まれましたか？　正直、小さい頃から一緒にいてお互い嫌いではないはずだから、兄としては早く結婚してほしいところなんですが」

キルシートはヴァルカと両想いだと思っているらしいが、俺達から見るとペルレはそう思ってなさそうな気がする。

小さい頃から一緒という話なので、ペルレがヴァルカを異性として見れないのかもしれない。

まあどっちでもいいが、仕事の邪魔だけはされたくないことをキルシートへ告げる。すると申し訳ないと苦笑しながら謝られた。

用事が済んだ後はキルシートの案内で城の庭へ戻り、馬車に乗って来た道を再び帰ることになった。

帰りは別の騎士が馬車に同乗しており、特に話はせず宿へと戻った。


馬車が宿に到着すると、俺は受付へ向かい声をかけた。

「今から部屋を空ける。チェックアウトいいか？」

「ああ。慌ただしいねえ。ま、城へ行っていたみたいだしなんかあるんだろ。また使ってくれ」

チェックアウトすることを主人に告げて、俺達は各部屋から荷物を取ってハリソン達の居る厩舎へ集合した。リーチェは例のごとく夏那の胸ポケットに入ってもらっている。

「これで前線で戦えるようになりましたけど、次はレムニティが戦いに出てくるかどうかですね」

不安そうにする風太を、俺はあえて注意する。

「こら。ここで奴の名は出さないほうがいい。……ま、今は大丈夫か。少なくとも傷が完治するまで出てくるとは思えないから、それまでは持ちこたえないといけないだろう。だけど次の襲撃で勝負をかけようと思う」

「勝負、ですか？」

「ああ、魔族共が撤退する時を狙って、一人で奴らの後を追う。そこで拠点を見つけて、できるなら抑えるつもりだ」

「いいわね、それ！　あたし達で壊滅させちゃって、報酬もがっぽり？」

夏那が手を叩いて歓喜の声を上げるが、俺はそれを手で制してから三人に言う。

「前にも伝えたが、追いかけるのは俺だけでいい。お前達は待っていてくれ」

「一人で相手をするのはさすがにきつくないですか」

「その場でレムニティを捕まえられればそれでいいけど、ダメそうならすぐに撤退する。サッと帰るには一人のほうが身動きを取りやすい。お前達を置いて行くことになるが――」

俺がそう言って三人を見ると、風太達は顔を見合わせてから同時に頷いた。

表情は……結構明るい。

「……任せてよ！　あたし達だけでも対処するわ！」

「うん。僕達もリクさんに訓練を受けていますし、こういうことも経験になると思います」

「特に私はこの世界で生きていくための戦闘のスキルも必要ですし、足手まといにならないよう尽力します！　ふふ、ロカリスでリクさんが出て行ったことを思い出しますね」

「あー」

水樹ちゃんのやる気ある発言を聞いて、俺は苦笑する。確かに三人から離れるのはあの時以来だな。

俺が保護をして元の世界へ返すという立場から一転し、三人を戦士として扱うと決めた時から、いつかこうなることを考えていた。

そのための力を与えたつもりだし、やる気があるところに釘を刺すのは逆効果になりかねない。

俺が頼るというのも今までなかったので頑張ってくれるだろうな。

騎士達と共闘できて、そこまで窮地《きゅうち》にならないであろう今なら、俺が居ないという状況を作ってみるのもいいかと思ったのである。

「でも、浮かれている場合じゃないわね。気を引き締めないと」

「魔族は私達を知っているから、リクさんが居ない時の奇襲《きしゅう》に気をつけないとね」

水樹ちゃんがそう言った直後、リーチェが夏那の胸から飛び出した。

『……わたしはどうする？』

「あ、リーチェ、そう言えばそうね、どう動けばいいのかしら？」

『もし剣が必要ならリクに――』

「はーい、カナ」

リーチェがなにか案を口にしようとした瞬間、朝に顔を合わせたミーアやタスク達が声をかけてきた。

「まずい、隠れて！」

『ぶへえ!?』

憐《あわ》れ、リーチェはまた夏那の胸ポケットに押し込められる羽目になった。すまんな俺の分身……。

「どしたの、ミーア？」

夏那は何食わぬ顔でミーアに話しかける。

「『どしたの？』じゃないわよ！　朝のアレ、説明しなさいよー。で、お城に行ってどうしたの？」

「それは秘密よ」

ミーアの言葉に胸を張る夏那。

「どういう経緯でそうなったのか教えてもらいたいもんだぜ……城に招かれるってのは功績を上げたか、犯罪をしたかのどっちかだからなぁ」

そこへ朝は居なかったグルガンが肩を竦めて、呆れた声でそんなことを口にした。

「はは、そうなんだ？」

風太が頬を掻きながら、グルガンの言葉に返事をする。

俺達はここまでの旅で城に行くことが多かったからな。珍しいと言われて困惑しているって感じだ。でもそれを迂闊に口にしなくなったのは成長したなと思う。

「ま、初戦で活躍したのを、ギルド職員が見ていたんだよ。で、別契約をしてこれから前線に向かうところさ」

「前線……!?　マジで言ってんの、リクさん達……無理しなくてもお金は貰えるのに」

「それはその通りです。けど、前線のほうが戦いやすいんですよ私達。強い魔法も使いやすいですしね」

「凄いな……全員魔法が使えるのか……」

ヒュウスが顎に手を当てて感心するように口を開く。この世界でも魔法を使うにはセンスが必要らしい。

強力な攻撃を使える魔法使いにここまでの道中であまり出会っていないのは、五十年前に魔族の侵攻が始まった時の戦いで大勢が命を落としたからかもな。

「リク様はいらっしゃいますか？　お荷物をお持ちしました」

「ん？　なんだ？」

俺達とヒュウス達が話していると、城からの使いの騎士がやってきて声をかけてきた。俺が手を上げるとミーア達が道を開けてくれる。

「気をつけてね？　戻ってきたらまた一緒に飲みましょ♪」

ミーアが明るくそんなことを言う。

「ああ、サンキュー。お前達も気をつけろよ？　知り合いが死ぬなんて見たくないからな。ああ、すみません、配達ありがとうございました」

「宅急便みたい」

俺はミーアに返事をしながら、使いから荷物を受け取る。小声で夏那がクスクスと笑うのを聞き逃さなかった。だが、先を急ぎたいのでハリソン達を連れて町の外へと向かう。

荷物を持ってきてくれた騎士が、馬に乗って先導してくれた。

「お気をつけて。逃げる時はここへ来てください」

騎士が門番に事情を話して道を開けてくれた。すれ違いざまに門番が真面目な顔でそう言っていた。

「クラオーレ陛下もそうでしたけど、逃げろって言う人が多いですね」

風太が門へ振り返りながらそんな感想を口にする。

「それくらい被害があったんだろう。戦力が減るのも困るが、人が死ぬというのはなにより感情的に辛いもんだ」

「そう、ですね……」

俺の言葉に三人とも口を閉じた。これまでに死んだ人間のことを思い返しているのだろう。

それが自分になるかもしれないということを、突きつけられたといった感じだな。

そんなことを言っていると、周囲の景色は森へ変わる。しばらくついて行くと、切り開かれている場所へと到着した。

馬車から降りると、先導してくれた騎士が説明を開始した。

「ではリク殿。この辺りを中心に哨戒をお願いします。他にも騎士の部隊が展開されていますので、救援が欲しい際はこの鐘を鳴らしてください。火の扱いにはご注意を。特に煙は相手から見つかりやすくなるので、注意したほうがいいでしょう」

俺は手渡された鐘を受け取りながら答える。

「任せてくれ」

「なんかキャンプみたいな注意事項ね」

夏那が肩を竦めて笑うが、煙が立たないように配慮《はいりょ》するのは潜伏《せんぷく》者にとっては当然だと注意しておく。煙を立てると空から居場所が一発で分かっちまうからな。

「では私はこれで」

「ああ。それじゃあな。……さて、と」

使いの者が立ち去った後、俺は手を叩いて野営する範囲の地面に剣で魔法陣《まほうじん》を書いていく。

「リクさん、それは？」

「結界だ。ロカリス城やエラトリア城でやったものの簡易版だな。この範囲に侵入者があると反応する仕掛けだ。城で使ったみたいには防御効果は、あえて付与せず、侵入者を知らせる機能のみつける」

「向こうは結界に気づかないのに、こっちは気づくという仕掛けにするんですね」

水樹ちゃんがすぐに意図を理解したので、俺は親指を立てて頷く。

「リクさん、テントは張りますか？」

「あー。その前にちょっと集まってくれ」

風太が尋ねてきたが、俺はハリソンとソアラを荷台から外しながら三人を呼ぶ。

「なになに？」

「ハリソンさん達になにか？」

「こいつらも含めて話がある」

前線へ配属になり話を聞かれる心配がなくなったため、お供の騎士が配属されるまでの間に一旦ミーティングをすることにした。

「久しぶりに厩舎から出したし、少し歩かせてやろうと思ってな。それより、お付きの騎士が来るまで、今後の動きについての話をしておくぞ」

「って言っても、魔族達が来るまでは、訓練くらいしかできないような気がするけど？」

夏那が首を傾げながら言う。

「夏那の言う通りだ。食事か散歩、もしくは訓練くらいしかできないだろう。だから、今から話すのは奴らが来た後のことだ」

俺はそこで一度言葉を区切り、三人の顔を見る。

三人の真剣な表情を見てから俺は改めて口を開いた。

「さっき言った通り、魔族が撤退を始めたら俺は一人であいつらを追う。そうなるとこの場はお前達とリーチェ、馬二頭だけになる」

「ですね。ロカリスの時と違い、城の外たので危険度はかなり高いかと思います」

風太の言葉に頷いてから俺は話を続ける。

三人ともその部分に油断はなさそうなので頼もしい限りだ。なので、これから話すことは確認程度になるか。

「俺が離れた後はなるべく動かず、ここで帰りを待っててくれ。どんなに遠くても三日以内には戻るつもりだ。そしてそれより三日以内に俺がここに戻らなければ、町へ戻る手はずで頼む」

「……？　リクさんが戻ってこないなんてことがあるとは思えないんですけど……」

水樹ちゃんが首を傾げて俺を見る。

「絶対に大丈夫とは言い切れないのが戦いだからな。単独行動でも負けるつもりはないが、万が一ということはある。幸いというか、お前達の実力は見せていないから帝国側に主力と思われている俺が行方不明になったら、撤退していっても陛下から文句は言われることはないはずさ」

「……あー、そういう？　だから騎士を借りたのね」

「夏那が思っている通りだ」

一緒に戦っている騎士が居れば、そいつが俺が失踪《しっそう》したことの目撃者になる。

ここから離れる際はレッサーデビルを適当に薙《な》ぎ倒しながら森に突っ込んでいくつもりだ。それなら森ではぐれた演出をこなしつつ移動もできる。

まあ、帝国側の態度は『危険を感じたら逃げろ』なので風太達が勝手に撤退してもそこまで角は立たないと思うがな。

「確かに騎士一人なら僕達三人で説得すれば、クラオーレ陛下へ報告に戻れると思います。でも、リクさんなら大丈夫だと思いますけどね」

「そう言ってくれるのは嬉しい。あと、リーチェも置いて行くからな」

俺がそう言ったところで、夏那のポケットからリーチェが弾丸のように飛び出してきて俺の顎に激突する。

「ぐあ!?　なんのつもりだリーチェ！」

『いったぁ……！　どうしたもこうしたもないわよ！　リク、あんた、わたしを連れないでレムニティと戦って勝てるの？』

「む」

「む……？　なにか隠していませんか……？」

水樹ちゃんが怪訝そうな目をしながら詰め寄ってきた。あまり考えさせないようにしていたことを掘り起こされて、俺は視線を逸らす。

「……レムニティと交戦した場合、今持っている単なる剣で戦うと、互角《ごかく》だろうな」

「え!?　それだと危ないじゃないの！」

『そうよ。だからこうして出てきたのよ』

余計なことを。しかし、まあ俺が死ぬと三人が困るから、リーチェは憤慨《ふんがい》しているのだろう。

「でもグランシア神聖国では普通の剣で奴の胴体を切り裂いたろ？　負けるつもりはないから大丈夫だって」

『本当にぃ～？』

「リーチェちゃんを連れて行ったほうがいいんじゃ……」

訝しんだ目を向けてくるリーチェを手に乗せて、水樹ちゃんも不安そうに見つめてくる。

「リーチェは攻撃魔法も防御魔法も俺クラスのものが使えるから、残ってもらいたいんだよ。お前だって夏那や水樹ちゃんになにかあったら嫌だろ？」

『むう……。確かに……。あの時みたいなのは……』

リーチェが腕組みをして目を瞑り、ブツブツと考え込む。

少ししてから結論が出たようで、ふわりと浮いてから口を開いた。

『分かった。こっちでなにかあったらわたしがなんとかするわ。空から魔法が撃てるのは強みだしね』

「お、頼もしい。だけど本当に大丈夫？」

「そこは信用してくれ」

「分かりました。他に決めておくことはありますか？」

「いや、三日が経たずとも危ないと思ったら全力で逃げてもらえればいい。ああ、指揮をするのは誰か、決めておいたほうがいいかもな」

俺がそう言うと、夏那が口を開いた
「あ、なら水樹がいいんじゃない？　後衛が中心だし戦況が見えるでしょ」

「あ、うん。頑張るよ！」

「よし、それじゃ寝床を作るとするか」

今後の指針は決定したので、このまま野営の準備を進めることにした。

「水樹ちゃんと夏那は荷台に布団を敷いて寝床にしてくれ。俺と風太はテントでいい」

「ありがとー、なら、それはあたしがやるわ」

「それじゃリーチェちゃん、私達はハリソンさん達と散歩に行きましょうか」

『オッケー！　魔物退治でお小遣い稼ぎできるかしらねえ』

リーチェの言葉に馬達が『あんまり出くわしたくありませんね』といった感じで鳴いていた。

そんなやりとりをしつつ水樹ちゃんとリーチェは近場の偵察《ていさつ》……という名の散歩へ出かけていった。

地図でおおむね周囲の状況は把握しているが、細かい地形を把握したいので、几帳面な水樹ちゃんがしっかり確認して伝えてくれるのはありがたい。

「気をつけてねー」

「ありがとう、夏那ちゃんー」

「さて、それじゃその間に俺達はさっさとここを野営地に変えるぞ。風太はテント張ってくれ、夏那は薪《まき》を集めてほしい」

「火は使えないんじゃないの？」

「やりようはあるぞ。なんせここは異世界で魔法があるんだからな。〈創造《クリエイト》〉」

俺が地面に手を当てて魔法を使い、地面に二つの穴を開けた。二つは地中でつながっており、片方の穴の底で焚き火をすると、もう片方が吸気口として働くという仕組みになっている。

「す、凄い……」

風太が驚きの声を上げる。

「久しぶりだしまあまあだな。吸気口があることで薪が完全燃焼するから煙が少なくて済むんだ。風魔法で扇風機みたいなものを作ってもいいけどな」

「あ、それ面白そう！　……というか、そろそろリクの使う魔法を覚えてもよさそうだけど？」

「今は俺だけでいいだろ。グランシアであんなことがなけりゃ、婆さんに教えてもらってもよかったんだがな」

フェリスのことを口にすると二人がため息を吐く。正直、あの場でフェリスに邪魔されずにレムニティを押さえられていれば、ここに来るのはもっと後でもよかった。

聖女直伝で魔法の修業もできたはずだし訓練もつけられた。急いでここへ来ることになったのはフェリスのせいなのは間違いない。

「そういえばあの女はどこに行ったのかしらね」

夏那が苦々しげにそう呟く。

「ギルドでもお尋ね者扱いになっているらしいから、公には動けないと思う。路銀《ろぎん》が尽きて食えなくなれば簡単に捕まえられるんじゃないかな？」

「他に迷惑をかけてなきゃいいけど」

「ま、今は気にしても仕方がないな。それじゃ薪を頼むぞ、夏那」

「はーい」

「テントは僕が張るから、夏那は薪を拾ったら火を起こしてよ」

「オッケー♪」

◆　◇　◆

「今のうちに野菜と肉を切っておこうかしら。リク、さっき貰った食材を早速使う？」

風太がテントを立て終え、夏那が薪を一通り集め終わった頃——夏那がそう言って料理への意欲を見せた。

「おお、そうしよう」

俺は食材の入っている木箱を荷台から降ろして、焚き火の前に居る夏那の下へ置いた。

「お、野菜は一通り入っているわね。お肉は二日分くらいかな？　ちょっとケチ臭い気がするわ」

木箱の中を見てそんなことを言う夏那。

「肉は腐るからそんなもんだろ。本来なら大事に使うべきだが、補充は誰かに一度戻ってもらえばいいし、使い切ってもいいぞ」

そう言うと夏那がニヤリと笑って、荷台に入っていた調理器具を取り出し、作業に移る。牛系の肉に玉ねぎ、ピーマンとナスやじゃがいもニンジンがチラリと見えた。キャベツなんかもありそうだ。

そんな調子で野営がキャンプのようになってきた。二人だけに働かせるのも悪いので、桶に水を張っておくかと思ったところでそれは起きた。

【ケエエエ！】

「な、なに、この声？」

「上か！」

風太が空を見上げて叫ぶと、そこには妙にでかい鳥が居た。

「あれはマキシムホークか？　この世界にも居るんだな」

「で、でかい鳥ですね。鷹《たか》、かな？」

風太が首を傾げる。

「そうだ。肉食で人間を襲ってくる魔物だな。だが、あいつの肉は美味いんだぜ？」

「倒したら食べていいってこと？」

夏那が目を輝かせて尋ねてくる。続けてなにか言いたそうだったが、空の魔物は待ってはくれないようだ。

「来るぞ。爪に掴まって攫《さら》われたら厄介だ。気をつけろ」

【ケェェ！】

「はい！」

風太の返事と同時にマキシムホークは急降下してきた。狙いは夏那のようで、鋭い爪を輝かせながら夏那へ向かっていく。

「あたしに喧嘩を売ったわね？　あんたは焼き鳥にしてやるわ！」

夏那は槍を構えて応戦する姿勢を見せる。するとマキシムホークは再び浮上し目を細めて狙いを定めていた。

この魔物、俺の記憶ではそれなりに強かった。向こうの世界ではCランク以下だと四人で倒せるかどうかというくらい。空を飛ぶ奴はやっぱり面倒なのだ。

しかし俺達には少し物足りない獲物だ。

「……風太！」

「分かってる！〈スラッシャー〉！」

急降下をしたのを確認した夏那が風太に声をかけ、風太が魔法を放つ。夏那に届く前に切り裂くつもりのようだ。

「……！」

しかし、それに気づいてマキシムホークが急停止する。ヤツはギリギリのところで〈スラッシャー〉をかわした。

「外したか！」

悔しそうにする風太に、俺はアドバイスする。

「魔物は意外と殺気なんかの気配に反応する。風太の魔力を感じ取ったな」

「結構強い魔物なんですか？」

舞い上がっていくマキシムホークを見上げながら、風太が尋ねてくる。

「まああってところだな。今のお前達ならなんとかなると思うけど、俺がやろうか？」

「……ううん。あたし達がやるわ。あいつもやる気みたいだしね！」

マキシムホークは逃げず、空中で旋回を始める。ヤツはスピードがあるけど飛び道具は持っていない。つまり、攻撃するにはどうしてもこちらへ来なければならない。さて、どうする二人とも？

「来る！」

一瞬、マキシムホークがぴたりと止まり、次の瞬間、先ほどよりもさらに早く突っ込んできた。

風太が魔法を連射し牽制するが、マキシムホークは回転しながらそれを回避する。

「狙いを僕に変えてきたか。……なら、こうしたらどうだ！」

【ケェ……！】

上手い。

風太は攻撃が当たる瞬間にサイドステップをして攻撃を回避した。スピードが乗っているマキシムホークはその動きに対処ができない。

「やるわね、風太！」

「これで！」

【ケェエエ！】

風太がマキシムホークを薙ぎ払おうと剣を振る。しかし、翼を広げて急停止した。予測地点に来なかったため、残念ながら風太の一撃は空振りに終わる。

そしてもう一度強襲するため、マキシムホークは舞い上がろうと翼を動かす。

【ケェ⁉】

だが、それは夏那が許さない。

マキシムホークは地上近くまで降りてきていたので、夏那が槍を使って棒高跳びのようにジャンプし、奴の上を取る。そのまま槍を下に向けて、落ちながら羽を貫いた。

「魔法で牽制すれば風太を狙うと思っていたわ。風太が倒せばそれでよかったけど、避ければあたしが攻撃するつもりだったの。……こうやってね！」

【ケケェ⁉】

「いい連携だ」

地面に縫いつけたマキシムホークの首を俺が掻っ切ってトドメを刺す。俺の指示なしでこいつを落とせたのは十分な成果だ。

「あ、でも解体しないとお肉にならないわね」

「そこは俺に任せろ。一緒にやってみるか？」

「僕がやってもいいかな？」

「じゃあ今回は風太に任せます」

「なんで上からなのさ……」

そんなやりとりを経て、絶命したマキシムホークを風太と手分けして解体することになった。

デカい鳥なのでとりあえず羽の取り方や、内臓の出し方などをゆっくり教える。

最初は内臓を見て青い顔をしていた風太だったが、肉だけになると楽になったようで、ナイフを使いサクサクと切り分けていた。

「胸肉ともも肉……」

呟きながら冷静に解体する風太に夏那が声をかける。

「あ、それ少しちょうだい。焼き鳥にするから」

「あ、うん」

ニコニコ顔で串を手に持っている夏那に肉を渡す風太。内臓は土に埋めることにしたが、頭は戦果を水樹ちゃんに見せるために残すことにした。

森にはまた静寂《せいじゃく》が訪れ、薪が弾ける音だけが響いていた。

後は水樹ちゃんが戻ってくるのを待つだけかと剣を磨いていたら、馬に乗った騎士が現れた。

「初めまして。リクさんですね？　この場を一緒に与《あずか》るヘラルドと申します」

「ああ、あんたがお付きの騎士か。リクだ、よろしく頼む」

「あ、夏那です！」

「風太といいます、よろしくお願いします！」

まだ水樹ちゃんが戻ってきていないので、ひとまず三人だけ自己紹介と握手を交わす。

ヘラルドは茶髪を真ん中で分けていて、ややタレ目という容姿をしている。身長は高く、恐らく百八十センチを超えてるだろう。

得物はオーソドックスな剣と盾。それと馬に弓を載せているな。前線に出るからにはそれなりの実力があると考えてもよさそうだ。

俺が値踏みしているとヘラルドが目を素早く瞬きさせながら焚き火を見て口を開く。

「……で、今はなにを……？」

「ああ、キャ……野営の準備をしている。夏那は昼飯の仕込みだな」

「もう焼き上がるけど食べる？」

「な、なんですか……？　串焼きみたいですが」

「今、襲撃してきたマキシムホークの焼き鳥ですよ」

水樹ちゃんに見せるために残した頭を指さす風太。

「な、なるほど……ヴァルカ様の言う通り、変わった方達のようだ……それにしてもマキシムホークを狩るとはやりますな。あ、いただきます」

少し引き気味だったが、ヘラルドは笑顔で食べると宣言した。俺は話が分かりそうな奴が来てくれたかと安心する。

さて、水樹ちゃんが戻ってきたら試食会でもしようかね。

◆　◇　◆

——魔族の拠点。

大きなテーブルと椅子が並べられた一室で、レムニティとガドレイが話し合っていた。

【レムニティ様。次の出撃はいかがいたしましょう？】

ガドレイが椅子に深く座るレムニティに問いかける。

【……そうだな】

【お体の具合はどんなもんですかね？　次も俺一人で構いませんが】

【あと三日ほど待ってくれ。それで八割は回復する。そうなればあの者達を探すくらいはできるだろうからな】

【承知しました。では治療が終わってからにしましょう。で、次はあの計画を実行、と？】

【ああ。船舶《せんぱく》を破壊する。彼女のおかげで奴らが海に出ることは無理だろうが、念のために破壊しておいたほうがいいだろう。今までは魔王様へ近づかないようにする威圧行動が中心だったが、あれほどの使い手が居るのはまずい。討ち亡ぼすための作戦を練るぞ——】

第五章　訓練と二度目の襲撃

「私も戦ってみたかったなあ……」

ヘラルドが登場してまもなく水樹ちゃんが散歩……偵察から戻ってきた。顛末《てんまつ》を話すと残念そうにそんなことを言う。

散歩をした結果、周辺は木がまばらに立っているだけでとのこと。ただ、俺達が今居る場所が他より少し開けているだけなので、少し移動すれば空から攻撃されることはあまりないかもしれない。

とりあえず水樹ちゃんをヘラルドに紹介してから、マキシムホークの焼き鳥を食べることにした。

「あ、これ美味しい！」

「ちょっと肉質が固いけど歯ごたえが癖になるね」

夏那と風太がそんな感想を述べる。

こんなこともあろうかとグランシア神聖国での買い物では、調味料をたくさん買い込んでいた。タレは俺が作ったんだが、残念ながら完全再現はできなかった。それでも元の世界の焼き鳥に近い味になったのでこれはこれで満足だ。ビールが飲みたくなる。

独身男は料理ができないと死活問題……というわけではなく、前の世界に初めて行った時にどうしても日本の料理が食べたくなり、やらざるを得なかったから色々作れるのである。

「塩がいいわね。……もう一本焼きましょ……」

夏那はシンプルな塩で、支給されたネギと一緒に串に刺して食べている。

そんな中うっとりとした顔で、ヘラルドが口を開く。

「この、甘辛いソースはなんですか？　食べたことがない味です！」

照り焼き風味はこっちの世界にはないらしく、ヘラルドは驚いたようだ。

「肉はまだあるし、もう何本か食うか」

「賛成です！　タレが美味しいです」

水樹ちゃんが嬉しそうに答える。

と、予期せぬ焼き鳥パーティーとなった。次が焼き上がるまでの待機時間に、風太がポツリと言う。

「……次の襲撃はいつですかね。ヘラルドさん、襲撃の周期とかあるんですか？」

「ああ、魔族のことかな？　あいつらは急に来ては去っていくから周期などはない。ただ、襲来する時は、先日のように大群で押し寄せてくる。戦力の回復に時間がかかるのか、間を置かずに襲撃してきたことはない」

「空から攻撃されるのは厄介ですよね」

水樹ちゃんがヘラルドに同調しながら、焼き鳥を口にする。

夏那はヘラルドの答えを受けて眉を顰《ひそ》めた。

「なんでかしら？　間髪いれずに襲撃すれば、帝国でも危ないんじゃない？」

「そう言わないでくれカナさん。まあ、不思議ではあるが、そのおかげでなんとかなっているわけだから」

ヘラルドはたじろぎながら夏那に返答する。

「いつ本格的に襲撃してくるか分からない相手の対応に消極的なのは分からないでもないが、いざって時は必ず来る。その時に動けるかどうか？　それが重要なんだ」

俺がそう補足するとヘラルドは頷く。

「え、ええ……その通り。そのための戦力を増やすため、あなた方のような冒険者の力が必要だと陛下が常々申し上げているわけですな」

クラオーレ陛下は剛毅《ごうき》な人間だったが、魔族の根絶については本気で考えているのだろう。きちんとした芯があることは好感が持てるポイントだ。

まあ前の世界のようにクソみたいな王族がいるところもあるだろうが、その時はその時だ。

そんなことを考えていると水樹ちゃんが食べ終えた串を空の瓶へ入れながら神妙な顔で呟く。

「人間を攫うのと負の感情……それを回収するために手加減をしているんですよね、多分」

「え？　そのような情報があるのですか？　確かに誘拐は何度かありましたが……」

「……ああ、実はここに来る前に聖女の婆さんに会って、その時に聞いたんだ」

「なるほど、だから魔族的には戦いが長引くほうがいいのか。それにしても聖女様とお会いになっていたとは。実は名のある方なのでは？」

「そんなことはないぞ。もちろん鍛えてはいるけどな。こんな世の中だし、女の子二人を守ろうと

LN_Ve

召喚・トリップ系

こっちの都合なんてお構いなし!?
突然見知らぬ世界に呼び出された
主人公たちが悪戦苦闘しつつも
成長していく作品。

THE NEW GATE

風波しのぎ

既刊21巻

大人気 VRMMO-RPG「THE NEW GATE」で発生したログアウト不能のデスゲームは、最強プレイヤー・シンの活躍により、解放のときを迎えようとしていた。しかし、最後のモンスターを討ち果たした直後、シンは現実と化した500年後のゲーム世界へ強制転移させられてしまう。デスゲームから“リアル異世界”へ――伝説の剣士となった青年が、再び戦場に舞い降りる!

いずれ最強の錬金術師?

小狐丸

異世界召喚に巻き込まれたタクミ。不憫すぎる…と女神から生産系スキルをもらえることに!!地味な生産職と思っていたら、可能性を秘めた最強(?)の錬金術スキルだった!!

既刊14巻

装備製作系チートで異世界を自由に生きていきます

tera

異世界召喚に巻き込まれたトウジ。ゲームスキルをフル活用して、かわいいモンスター達と気ままに生産暮らし!?

既刊10巻

余りモノ異世界人の自由生活

藤森フクロウ

シンは転移した先がヤバイ国家と早々に判断し、国外脱出を敢行。他国の山村でスローライフを満喫していたが、ある貴人と出会い生活に変化が!?

既刊5巻

種族【半神】な俺は異世界でも普通に暮らしたい

穂高稲穂

激レア種族になって異世界に招待された玲真。チート仕様のスマホを手に冒険者として活動を始めるが、種族がバレて騒ぎになってしまい…!?

既刊4巻

定価:各1320円⑩

転生系

前世の記憶を持ちながら、
強大な力を授かった主人公たち。
現実との違いを楽しみつつ、
想像が掻き立てられる作品。

転生前のチュートリアルで異世界最強になりました。

小川 悟

死後の世界で出会った女神に3ヵ月のチュートリアル後に転生させると言われたが、転生できたのは15年後!?最強級の能力で異世界冒険譚が始まる!!

既刊4巻

貴族家三男の成り上がりライフ

美原風香

アルラインは貴族の三男に転生し、スローライフを決意したが、神々からの複数の加護で人外認定される…トラブルも多い中、望む生活のため立ち向かう！

既刊3巻

攫われた転生王子は下町でスローライフを満喫中!?

伽羅

アルベールは生まれて間もなく川に流され元冒険者夫婦に助けられた。下町で前世の記憶を頼りにのんびり暮らしていたが、王宮では第一王子が姿を消したことで大混乱に陥っており!?

既刊2巻

異世界ゆるり紀行

水無月静琉　既刊14巻

転生し、異世界の危険な森の中に送られたタクミ。彼はそこで男女の幼い双子を保護する。2人の成長を見守りながらの、のんびりゆるりな冒険者生活！

素材採取家の異世界旅行記

木乃子増緒　既刊13巻

転生先でチート能力を付与されたタケルは、その力を使い、優秀な「素材採取家」として身を立てていた。しかしある出来事をきっかけに、彼の運命は思わぬ方向へと動き出す—

定価：各1320円

思ったらおのずと力を必要とする。なあ風太？」

「ですね。ヘラルドさんは恋人とかいたいんですか？」

「ええ？　私？　まいったなあ」

誰かに言ったわけじゃなく、なんとなく呟いた水樹ちゃんの言葉の詳細は知られたくない。与える必要のない情報だしな。

俺の考えを察してくれた風太がヘラルドに話を振り、騎士は意外とモテないだとかそういう話にシフトしていった。

「フウタ君はいいなあ……私には居ないんだ、彼女」

「騎士ってモテそうだけどねー。汗臭いから？」

「はっはっは！　その通り！　汗臭いって言われるからなあ！　はあ……」

そんな風に頑張れと夏那にいじられてヘコんでいたのが面白かった。

ちなみに夏那と水樹ちゃんはミーアに聞かれた時と同じく、俺達と付き合っている設定にしておいた。風太はともかく夏那は俺でいいのかねえ？

そんなお付きの騎士と軽いコミュニケーションを取ってからは暇になったので、晩飯まで訓練をすることにした。

「さて、魔族はいつ来るか分からないか、食後の運動を兼ねて手合わせといこうか」

俺がそう言うと、水樹ちゃんが元気よく賛成した。

「あ、いいですね！　風太君かリクさんと戦いたいかも？」

「おいおい、そこは夏那じゃないのか？」

俺は馬車から木製の武器を取り出して準備を始めた。

◆　◇　◆

何度か休憩を挟みつつ、それぞれ相手を変えて模擬戦を行った。

「はあ……水樹の足、速くなってないか？　間合いを詰めるのが難しくなってるよ。それに、氷の魔法は風魔法で弾けないから、対処が大変だ」

「私もかなり運動をして体力がついてきたからね！　でも……疲れた……」

そんな話をする風太と水樹ちゃんに、俺はアドバイスを送る。

「風太は風魔法の扱いが上手くなったな。矢を風で押し返してからの接近戦は見ていて面白かった。水樹ちゃんは下手に武器を使うより、魔法で牽制して距離を取り続けたほうがいいかもな」

それで今、水樹ちゃんと風太の戦いが終了したところだ。グランシア神聖国で本格的に鍛え始めてからまだ日は浅いが、三人の成長具合は悪くない。

「あ、ありがとう……ございます……リクさんみたいに魔法だけで戦い続けるのはまだ難しいですよ」

「まあこれは魔力量の差があるし、慣れていくしかないな」

「あー、疲れた！　もう夕方じゃない。次は水樹、料理お願いね」

「うん。チキンのガーリックトマトソテーでいいかな？」

「昼も焼き鳥だったけど……」

風太が少し呆れながら言う。

太陽が沈み始めたので、俺達は夕飯の仕込みをするために武器を片づけ始める。

そこで丸太に座ってこっちを見ていたヘラルドが、目を丸くしながら俺達に言う。

「君達、いつもこんな訓練を……？」

「はい。実戦形式が一番いいですからね」

風太が笑いながらそう答える。

「いや、ずいぶん本気でやっていたなと……それにリク殿の魔法は凄いと聞いていたが、他の三人もとんでもないじゃないか」

「あたし達も一応Bランクだからね！　ここには稼ぎに来たんだもの、あれくらいはできるわよ」

「なるほど。そう言われればリク殿と一緒に居るのも納得がいく」

夏那にあっさりそう返されて、得心したようなヘラルドを尻目に、俺達はテキパキと料理の準備をする。

「そういやヘラルドは飯、どうするんだ？　一緒に食うか？」

「お、いいのかい？　なら私の持ってきた食材を使ってくれ」

「そりゃ助かる」

ヘラルドは自分の荷物を漁って食料を取り出し、俺達に渡してきた。

「あ、お魚がありますね。じゃあやっぱりバターと香草で包み焼きにします！」

食材を見た水樹ちゃんが嬉しそうにそう言った。

ヘラルドが持っていた食材の中に氷で冷やされた魚があり、メニューが変更となった。二食連続で鳥肉ではなくなったことに、風太が安堵していた。

俺が苦笑していると、ヘラルドが俺に話しかけてきた。

「それにしても、疲れるまで訓練したらいざって時に困るんじゃないですか？」

「まあ、確かに今ここで襲撃されたらちょっと面倒だな。しかしメインで戦う俺が元気だから、三人が疲れていてもなんとかなる。今日頑張った分、明日はのんびりするから問題ないのさ」

「へえ……なら私もリク殿と手合わせをしてみたいが、いいか？」

「え？　いや、あんたは必要ないだろ？」

俺が困惑していると、夏那が笑みを浮かべて近寄ってきた。

「……くっくっく。いいじゃないリク。たまにはあたし達以外の人と戦うところを見せてよ。ヴァルカさんとの戦いは手加減していたし、ノーカンでしょ」

そう言いながら夏那が俺の背中を軽く叩く。

「まあ、本人がいいならいいが……朝食後で大丈夫か？」

「では明日、よろしく頼みます！」

「いいのかなあ」

ヘラルドが頭を下げ、風太は不安そうにしていた。

「本人がやる気ならいいでしょ？　楽しみね」

夏那の言う通り、やりたいと言ったのはヘラルドなので、ヴァルカのようにメンツを保つ必要はなく、ある程度なら打ち負かしても問題ない。

そして、夕食前にのんびりしているハリソンとソアラに水と餌を与えてやる。

『散歩はよかったです』と言わんばかりに森の奥を見ながら小さく鳴いていた。

「みんなー。出来ましたよ！」

「お、いい匂い……」

ヘラルドが剣と盾を木に立てかけながら鼻を開く。確かにバターと香草の匂いが漂っていて胃を刺激する。

「どうぞ召し上がれ！」

水樹ちゃんが自慢げに言う。

簡易テーブルにはパンとサラダ、ニンジンを使ったスープに、メインである魚料理が並ぶ。

「これは美味しそうですね……！　レストランのような見た目もいい！」

「ありがとうございます。お魚にかかっているソースをパンにつけて食べても美味しいですよ」

「へえ、さすがは水樹だな。……うん、凄く美味しいよ！」

風太が水樹ちゃんの説明通りにパンを食べ、絶賛する。

「白身のお魚も美味しいわ！　ヘラルドさんのおかげね」

「いやあ、自分だけなら焼き魚にして終わりだから、こちらこそだ！」

「うん。スープも美味――」

『……』

俺もスープを口にして褒めとくかと思ったところで、視線を感じた。敵かと思い周囲に目を向けるとその主は夏那の胸ポケットに居た。

「ぶっ⁉」

「きゃあ⁉　リク、急になによ！」

「夏那……」

「え？」

俺は夏那に目配せをし、ポケットの精霊となっているリーチェに気づかせようとする。

「な、なによ……。胸を見て……」

「違う、そうじゃない」

「リクさん……」

水樹ちゃんはなぜか不満げだ。仕方がないので、俺は立ち上がって料理片手に夏那を立たせて、この場を離れる。

「ちょ、ホントにどうしたのよ⁉」

抗議の声を上げる夏那を連れて森の奥へ向かっていると、風太が声を上げる。

「あ！」

「どうしたの、風太君？」

首を傾げる水樹ちゃん。どうやら風太は気づいたようだ。風太、上手くごまかしてくれ。

「い、いや、なんでも……」

面倒なので料理を持ったまま夏那と少し離れた場所へ。

「ほら、出てこいリーチェ」

『ぷう！』

「あ、そういうことか！」

胸ポケットから飛び出したリーチェを見て夏那が口を開く。そしてリーチェが空中で地団太を踏みながら叫び出した。

『もうもう！　あの騎士、邪魔なんだけど！』

ポケットの中で暴れて気づかせることもできただろうに、それをせず大人しくしていたのは、自分の存在がバレたらまずいと理解しているからだろう。我が相棒ながら健気で泣かせるぜ。

「仕方ないだろ、そういう契約なんだから」

『これじゃわたしずっと隠れてご飯を食べなきゃいけないじゃない!?　継母に冷めたご飯を食べさせられる子みたい……』

「どこで覚えてくるんだ。……夏那、お前か」

俺から視線を外して口笛を吹く夏那。

まあそれはいいとして、とりあえずリーチェを説得しておかないとな。

「今は我慢してくれ。別にお前が見られても構わないが、こっそり捕まって解剖《かいぼう》されるのは嫌だろう？」

『う……』

これは脅しではなく、前の世界で未遂《みすい》事件があったからな。人工精霊は珍しいため、研究対象にされてしまうのだ。

「仕方ない。今日からあたしが荷台に行ってご飯を食べるようにするわ。それならいいでしょ？」

『カナ様……！　温かいご飯があれば、わたしはそれだけで満足です』

「すまんな、夏那」

「大丈夫よ。さ、それじゃとりあえずこれを献上します、リーチェ様」

『うむ、よきにはからえ』

ひとまず茶番を終えて、持ってきていた魚の香草焼きをリーチェに与えてこの場は収まった。

とりあえずリーチェの機嫌は直ったため、俺達は再び風太や水樹ちゃんの下へ戻って食事を続けた。

「なんだったんですか？」

「ちょっとな……」

首を傾げる水樹ちゃんへ適当に返事をし、ヘラルドが自分のテントを立ててそこに入ったところでリーチェの件を共有した。

その後、会議が開かれ――

『順番なら怪しくないんじゃない？』

「まあ、僕はいいけど」

「ごめんね、私、気づかなくて……」

――俺以外の三人がローテーションでリーチェと荷台で食べることになった。

やれやれ、レムニティとの決戦前に飯について会議するなんて暢気《のんき》なもんだ。

だけどこれくらいのほうがいざという時に強いのかもしれないな。


そして翌日――

約束通りヘラルドとの打ち合いを朝食後に行った。

「ぐぬ……っ、強い……底が見えない……」

「どう、リクの実力は！」

が、お察しの通り、そこまで力を使わなくてもなんとかなった。そしてなぜか夏那が喜んでいた。

「こちとら戦いには慣れているからな。お前さんも筋がいいと思うぞ」

「いやはや、剣だけでの打ち合いでこれですからな。魔法を絡めるともっと不利になるでしょう。精進《しょうじん》しないと……気が引き締まりました。ありがとうございます」

ヘラルドは魔法がそれほど上手くないらしい。だから遠距離攻撃のために弓を持っているのだとか。

自分の持ち場へ移動しながら、『これはもう一人騎士団長ができるんじゃないか？』などとぶつぶつ言っていた。恨み言ではなく、純粋に俺の実力を認めてくれたようだ。

そんな調子で前線の任務につき、訓練と、哨戒という名の散歩をする日々が続いた。

時折、交代の騎士とすれ違い、挨拶を交わすことがあった。

魔族の影はどこにもなく、襲撃を仕掛けてくることもない。

ヘラルドの話ではすぐに襲ってくることはないらしいので、ひとまずやりたいことをして過ごしていた。


——そんな生活も五日目を迎える。

まだ陽がそれほど昇っておらず少し肌寒さを感じる早朝。俺は焚き火の前で暖を取りながらリーチェに食事をさせていた。

『まったく、困ったもんよね。騎士が交代で現れるせいで散歩にも行けなくなったし』

「俺達だってヘラルドが居ないほうが気楽なんだから我儘《わがまま》言うな」

姿を隠すことを余儀《よぎ》なくされているリーチェが不満を露わにしながら、両手で抱えたパンを口にする。

今日の深夜番は俺の担当だったので、今のうちに朝食を食ってもらおうという算段だ。

『……ふう、ごちそうさまでした。それにしても、レムニティへの対応が後手に回っているのが厳しいわね』

「だな。前の世界と違って味方が少ないのが痛い。イリス達は国を挙げて支援してくれていたから、帰るところ……拠点や魔族の動向を調査してくれる足もあった。正体を明かして国を移動すると、グランシアのフェリスみたいな内部の敵にやられる可能性があるからなあ」

『やっぱり厳しい？』

俺の肩に座りながら尋ねてくるリーチェに、焚き火へ薪を突っ込みながら答える。

「少しだけな。守るつもりだった風太達が戦えるようになったおかげで皮肉にも俺が動きやすくなった。この後、レムニティを追うために単独行動できるのは助かる。勝負はここからだ」

『早くレムニティが出てきてほしいわね。って、なにそれ？』

俺が懐からあるものを取り出したことに気づいたリーチェが質問してくる。

「ん？　グランシア神聖国から持ってきた文献だ。なにか面白いことでもないかと思ってな」

頭の上に乗り換えたリーチェは俺の手にある文献に目を向ける。これは水樹ちゃんのメモじゃなくて書庫から持ち出したものだ。半分くらいは読んだが、特に珍しいことは……ん？　これは――

「おはようございます、リクさん」

気になる項目を発見したところで風太に声をかけられた。

「ん？　おはよう。起きたか風太」

『おはようー』

「あ、リーチェもおはよう。なんかいい匂いがするね」

『わたしがご飯食べてたの！　だから朝ごはんはみんなで揃って食べていいよ』

今度は風太の頭に移動してリーチェが言う。俺は苦笑しながら文献を収納魔法に入れて話を続ける。

「今日は訓練はしないつもりだし体をゆっくり休ませとけよ。なんならまだ寝ていてもいいぞ」

「そういうわけにはいきませんよ。体力作りくらいは軽くやっておきたいですし」

「ははは、まあ任せるが、相変わらず真面目だな、お前は」

俺の言葉に風太が後ろ頭を掻きながら笑っていると、風太の頭に乗っていたリーチェがまた別のところへ飛んでいった。

そこで眠そうな声が聞こえた。

「あたしはソアラ達とお散歩するわよ」

声の主は夏那で、リーチェを手に乗せてあくびをしながら笑う。

『もう、そんなに眠いならまだ寝てたら？』

「お手洗いに行きたくなったから。あ、温かいお茶ちょうだいリク……って、なに⁉」

夏那がそう言った瞬間、森が文字通り震えた。

鳥が飛んで行き、どこかで動物の怯《おび》えた鳴き声が響いていた。和やかだった場が騒然となる。

「あれは……」

俺は何事かと周囲を見渡す。最後に空を見上げると、黒い塊がこちらに向かってくるのが見えた。

「雨雲？　……違う！　あれはレッサーデビルの群れだ……⁉　え、もう攻めてきたのか⁉」

風太が目を見開いて驚いていると、金属音が聞こえてくる。

「あ、リーチェ、あたしのポケットに入って」

『オッケー』

察した夏那が手に乗せていたリーチェを胸ポケットに入れた。そこで装備を整えたヘラルドが姿を現した。きちんと迎撃態勢に入っているのはさすがだな。

「リク殿、この騒ぎはいったい!?　む、魔族か……！」

「みたいだぜ。今回はやたら早いおでましだ」

胸中で「こっちとしてはありがたいが」とつけ加えていると、馬車の近くで水樹ちゃんの声が聞こえてきた。

「ハリソン、ソアラ、怖くないからね。私達がなんとかするから。リクさん、迎撃準備をしましょう！」

さすがに今の騒動で起きないはずもないか。少し寝ぼけ眼の水樹ちゃんが鼻息の荒い二頭を宥めていた。

「ああ、どうせ空からの侵攻だ。風太と夏那は魔法で、水樹ちゃんは矢で撃ち落としてくれ」

「私の魔法じゃレッサーデビルには届かないから弓で応戦する。地上戦になった場合は剣に変えます」

「よろしく頼む」

ヘラルドの言葉にうなずく俺達。訓練がてらこいつとの模擬戦もやったので強さもだいたい分かっている。俺が居ない時に頼りになるだろう。

これで奴らが来る方角が確実に判明したので、後はどさくさに紛れて奴らが来たほうに向かうだけだ。

そう思っていると――

「ねえ、ちょっと空が黒すぎない……？」

「ああ……。どんどん増えている。もしかしてあれ全部レッサーデビル、なのか？」

それぞれ武器を手にした夏那と風太がぽつりと呟く。

確かに空を覆う黒い影はさらに増加傾向にあった。

「な、なんだ、あの数は……今まであんな数で来たことなんてなかったぞ……」

「……」

今までにない規模の侵攻か。

レムニティが動いたか？　前回の戦いでレッサーデビルが一掃されたの見ていたなら、俺がここに居ると判断しての侵攻だろう。なんせ自分を真っ二つにできる人間を攻撃するんだ、あいつならこれくらいやっても不思議ではない。

「よし、寝起きの奴らも居るだろうから、一発でかい花火を上げてやるかね」

「〈爆裂の螺旋《ブラスト》〉ですか？」

「数が多いしちょっと別の魔法でいく　……ハッ！」

俺は剣を両手で構えて魔力を練る。

瞬間、魔力が集積した刃が光り輝き出す。そして俺は空に向かって剣を横薙ぎに払いながら魔力を一気に解き放つ。

「〈竜王の劫火《ドラゴニック・ブレイズ》〉」

俺の剣から放たれた青白い魔力の塊が、ドラゴンの形に変化してレッサーデビルの群れに向かう。

「ひえ……!?」

まだ薄暗い空が昼間のようにパッと明るくなり、それを見た夏那が変な声を上げた。そして着弾した瞬間、黒い塊の一部がキレイに消え去っていく。

「す、凄い……まだこんな魔法を持っていたんですね……」

「な、なんだこの魔法は……!? リク殿、あなたはいったい……」

「なんせAランクだからな。さて、さすがにあいつらも馬鹿じゃないみたいだ、見ろ」

「Aランクがただの便利ワードになっているわね」

「あ、地上に降りているのも居ますね。これは有利になるかな」

呆れる夏那の横で風太が黒い塊が分散しているのを見て言う。俺はそれでもこっちへ来るまではさっきの作戦のまま行くと告げて、戦闘体勢を取る。

さて、特大魔法でレッサーデビルを蹴散らしたのは二度目だ。

これを受けても空のみで攻めてくるのは、アホのすることだ。風太の言う通りレッサーデビル達は分散しているので誰か――恐らくレムニティ――が指揮していると考えてよさそうだな。

そして黒い塊はまだ増えていく。

これは本当に本気で帝国を潰しに来たと見るべきか?

それは俺にとって好都合である。帝国には悪いが、これで乱戦の状況が作れるし地上戦なら騎士や冒険者達も手が出しやすい。

後は機を見てすり抜けてレムニティを探しに行くだけだ。

◆　◇　◆

――魔族サイド、上空。

【な、なんだ、今の魔法は⁉　こいつも大将が言っていた奴の仕業《しわざ》か……？　これだけの魔法を放つような相手なら、大将が体を真っ二つにされた程度で済んだのは、運がよかったと見るべきか。勇者というのは本当らしいな】

レムニティの部下であるガドレイが、冷や汗を流しながら塵になったレッサーデビル達を見て呟く。

甘いところがあるとはいえ、上司であるレムニティはガドレイよりも遥かに実力が上だ。なので、ボロボロになって帰ってきた時は、油断したのではと考えていたが、ここで考えを改める。

【あんなものを連続で撃たれたらレッサーデビル達が消耗《しょうもう》するだけだな。半数は地上に降りろ。空から侵攻する組は人間の対空兵器に注意しながら城を目指せ】

ガドレイの号令でレッサーデビル達が即座に分散する。

そして彼は魔法が放たれたあたりを見て、片目を細めて呟く。

【近づけば魔法を撃たせることもないか？　いや、相手は四人らしいし、俺一人では相手できん。ならそいつらには構わずにさっさと船を破壊しに行くとしますか――】

◆
◇
◆

「風太君！」

「オッケー、〈ウインドスラッシャー〉！」

【グガァァァ⁉】

俺が〈竜王の劫火《ドラゴニック・ブレイズ》〉を撃ち出してから数分ほど経った頃、木々の間からレッサーデビル達の赤い瞳が浮かび上がり、いよいよ直接戦闘となった。

水樹ちゃんの放った矢に風太の風魔法をかけて威力を強化し、それがレッサーデビルの胸を貫いた。

二人の連携でレッサーデビルを二体葬ったが、別の個体が怯《ひる》まずに突っ込んでくる。

魔法や口から火球を放ちながら詰め寄ってくるレッサーデビルへ、夏那が槍を構えて前進する。

「今度はあたしよ！　はああああああ‼」

『いっけぇカナ！』

「なんか聞いたことがない声が……？」

「気のせいだろ。ヘラルド、左は任せるぞ」

「あ、はい！」

何度か俺との訓練で痛い目を見たヘラルドは、いつの間にか俺の指示に従うようになった。

俺は右の方へ向かい、正面は風太達三人に任せることにした。上空は俺が気にかける形だ。

「リク殿、先ほどの魔法はもう撃たないのですか！」

「あまり連発できるものじゃないんだ、悪いな。その代わり、別の魔法を使う」

そう言って俺は炎魔法の〈煉獄の咢《パーガトリィ》〉を空へ放つ。

〈竜王の劫火《ドラゴニック・ブレイズ》〉の魔力消費が激しいのは事実だが、連発できないわけじゃない。

あまりやりすぎると撤退を早めてしまう可能性があるので、少しだけ手加減をしている感じだ。

「〈ブレイズランス〉！」

【グォアアアア……】

「ナイス、夏那！　せいやぁぁ……！　こっちも！」

性格もあるだろうが、夏那の魔法と槍は迷いなくレッサーデビル達の胸を貫いていく。

これまでの道中でも魔物と戦っていたとはいえ、レッサーデビルはロカリスでアキラスがやったように、人間が魔物にさせられている可能性もある。

それを自分の中で折り合いをつけてトドメを刺していく三人に、俺は複雑な感情を覚える。それと同時に頼もしいとも感じるが。

風太もロカリスでレッサーデビルと対峙してびびっていた頃とは違い、剣に振り回されることもなく確実に敵を斬り伏せていく。

「ここは魔法で……！　空の敵は矢で落とす！」

さらに襲いくる奴らを水樹ちゃんが魔法で倒す。

「リクさん！　そっちに三体！」

「あいよ！」

水樹ちゃんの矢で羽を貫かれたレッサーデビルを、俺はためらいなく切断する。

彼女の矢はかなり鋭く、さらに――

「〈アイシクル〉！」

【グギャァァ……】

――矢に氷魔法を付与して絶命させる技術も身につけていた。

この世界で生きていく覚悟のようなものが、その戦いぶりから伝わってくる。

「むう、凄いな……！　私も負けるわけにはいかない！」

それを見てヘラルドも奮起する。一応忠告しておくか。

「無茶はするなよ」

「リク殿に比べたらレッサーデビルなど恐れるに足りん‼」

そう言って笑いながら、ヘラルドは二体の首を刎《は》ねて仕留めた。こっちも心配なさそうだ。

騎士団長のヴァルカは軽いノリの奴だったが、ヘラルドの実力を見る限り、やはり騎士団全体の練度は高いことが想像できる。この場にレッサーデビルしか来ないなら、問題なく守りきれるだろうな。

「行かせない！」

「あたしも！」

地上から攻めてくるヤツも多いが、空からの侵攻も諦めていないな……前の世界と同じなら、レッサーデビルも無尽蔵に居るというわけではないはずだが……？

魔王ならいざ知らず、将軍クラスが人型の魔物を生み出すのは、結構な労力がいるものだと認識している。

「レッサーデビルだけならすぐ終わるか？」

城からのバリスタ攻撃と城壁から繰り出される騎士達の魔法も心強い。

さらに俺や水樹ちゃんの魔法に弓が飛び交い、騎士達も弓でしっかり迎撃できていた。

それでも前回より数が多いので、町の上空付近まで抜けて攻撃しているレッサーデビルがそれなりに居る。

そこへ風太が俺のところまで近づき小声で話しかけてきた。

「ふう……。数は多いですけど、これならリクさんがここを離れてもなんとかなりそうです。ヘラルドさんも強いですし、撤退を待たずに行きますか？」

「そうだな……動いてもいいかもしれないな、っと！」

目の前のレッサーデビルを切り裂いた瞬間、俺は前傾姿勢で森の中へ突っ込んでいく。

「ヘラルド、俺は周辺の遊撃に回る！　ここは風太達と一緒に任せるぞ！」

「え!?　わ、分かりました！　おっと……！」

「気をつけてくださいね！　夏那ちゃん、後ろよ！」

「オッケー！　ここはなんとかするわ」

もっともらしい理由を口にすると、水樹ちゃんと夏那が微笑みながら小さく頷いた。

俺も二人に頷いてから速度を上げる。

切り札《リーチェ》は置いてきたから、俺が戻るまであの状況を維持してくれれば、ほぼこちらのシナリオ通りにことが運ぶ。

「……さて、ついでと言っちゃなんだけど」

俺は通りすがりにレッサーデビルの首を落としながら森を突っ切っていく。ここで少しでも倒しておけば風太達の負担が減るからな。

【グオオオオ！】

「くく……てめえらごときが俺に勝てるかよ！〈烈風《スラッシャー》〉！　もうひとつ！」

三人と離れてスイッチが切り替わった俺は魔法を連発する。

左手から放った風の刃で十体ほどが一瞬で塵と化す。さらに空へ〈炎の爪痕《イラプション》〉をぶっ放して飛んでいる連中も燃やしておいた。

さて、レムニティ。お前はどこだ――

◆　◇　◆

――Side：夏那――

「……行ったわね。ここからがあたし達にとっては本番だから頑張らないと」

「ああ、皮膚は硬いけど動きは単調だから、囲まれなければ戦い続けられそうだ。おっと……！」

あたしの言葉に風太が頷いた。その瞬間、レッサーデビルが風太目がけて飛びかかる。

【オオォォォォ！】

「くっ！」

『フウタ！　そうはさせないわよ。〈火式《ファイア》〉！』

あたしの頭の上にいるリーチェが咄嗟に魔法を放つ。

乱戦でヘラルドさんがこっちを見てる余裕はないはずだから、好きにさせておこう。

風太が爪を剣でガードした隙に、リーチェの魔法がレッサーデビルの顔を焼いた。

【ガァッ!?】

「もらい！」

思わずのけぞった相手の首を槍で貫いて倒すと、あたしはすぐに次の敵へ向かう。

すでに二、三十分は戦っているけど、全然苦にならない。

グランシア神聖国でもやっていた体力アップの訓練が、ここに来てようやく役に立っているわね。

リクが言う勇者としての力もあると思うけど、元の世界じゃグラウンドを一周走るだけで疲れていたので、武器を振り回しながら戦うなんてとてもじゃないけど無理だった。

「風太君の希望は叶わないかも？　……なんか見たことない魔物が交じっている」

「青白い皮膚をした個体……レッサーデビルじゃないな？　……!?　危ない！」

水樹がそう呟き、風太も異変に気づく。

『ひゃああ!?　〈魔妖精の盾《シルフィーガード》〉！』

「こんの……！　〈フレイムアロー〉！」

その魔物は空から魔力の塊のようなものを無差別に落としてきた。

それをリーチェが防御魔法で撃ち消し、あたしが魔法で反撃をした。

しかしあまり効き目がないのか、どこかへ飛んでいってしまう。

「魔法が通じない？」

「いや、効き目が薄いだけみたいだ。当たった場所に煙が出ているしね。ドーナガリィと同じタイプの魔族かもしれない。水樹は背後からあの青白い魔族の牽制を頼むよ。僕達は地上の敵を倒していく」

「うん！」

風太の言葉に水樹が力強く頷いた。

「チッ、盾が歪んで……！　だが、まだまだ！」

【グォァァァァ！】

ヘラルドさんも頑張っているわね。こっちも頑張らなくちゃ。

そんなことを思いながら迫りくるレッサーデビルと戦っていると、ふと地上の攻撃が緩くなったように感じて空を見上げる。

「……？　空の敵が少ない？　いや、変ね……」

「どうかしたの、夏那」

訝しむあたしに、風太が聞いてくる。

「急に手数が少なくなったような気がしてさ。ヘラルドさんちょっとこっちへ！　風太、少しの間お願い！」

「ええ!?　よ、よし……!!」

あたしはヘラルドさんを引っ張って空のとある場所に指をさす。やはり魔族の侵攻にムラが出来たような気がする。

そこには別の場所へ向かって飛んでいる一団がいた。

「なんか違う場所を目指している奴らがいるんだけど、あっちってなにがあるか分かる？」

「確かに……あっちは港のほうだな」

「港か。今だと人は退避しているだろうし、攻める意味があるかしら？」

それでもあいつらは向かっている。少しだけ理由を考察してみると、一つだけ思いつくことがあった。

「……まさか！　ねえ、今まで船を狙われたことってある？」

「船だって？　いや、今までは真っすぐ城に向かってきていたから、一度もないはずだ」

「まずいかも！　ヘラルドさん、急いで港へ向かわないと！」

「ど、どうしたの、夏那ちゃん？」

あたしが焦りながら港へ向かう提案を口にすると、水樹が驚いた顔でこちらに声をかけてきた。弓の手を止めていないのはさすがだわ。

「船……多分だけどあの青白い魔族は船を狙っているわ！」

「船を？　し、しかし、今までそんなことは……。それに船は今――」

「それはもう情報が古い！　地上の魔族はだいぶ蹴散らしたし、ここを離れてもいいでしょ？　確認しに行きたいわ！」

「う、むう。確かに今の状況なら……わ、分かった。そこまで言うなら移動しよう。リク殿を置いて行って大丈夫か？」

「あいつは死なないし、なんかあっても戻ってくるわ！　ハリソン、ソアラ頼むわ！」

あたしが叫ぶと『準備はできています』とばかりに鳴いた。あたしは手早く荷台をつなげると御者台に乗り込んで町へ進路を取る。

よく考えてみれば、レムニティがあたし達を認識しているなら、魔王の下へ行く手段を断《た》ってくるのは当然よね。

リクがレムニティを押さえるのと同じくらい、向こうにとっても船の破壊は重要なのだろう。

「間に合え……!!」

「僕と水樹が迎撃する。夏那、御者は任せるよ！」

「オッケー。ヘラルドさん。港までの最短ルートを教えて！」

あたし達は予期せぬ状況で町へ戻る――

第六章　リクと高校生達、それぞれの戦い

【グギャアアア！】

「そらよ！　死にたい奴からかかってこい！　ま、そうじゃなくても俺の視界に入った奴は――」

目の前のレッサーデビルを斬り裂き、そのまま脇を抜けようとする個体を数匹、魔法で塵に変える。

「――殺すだけだ」

魔物を駆逐《くちく》しながらの前進は思ったよりスムーズだ。

風太達のことが気にかかるが、今はあいつらを信じよう。

「……そうだろ師匠？」

自分達で決めたことを実力が上の者に肯定されるというのは思いのほかモチベーションが上がるものだ。それは俺自身の体験でよく知っている。

レムニティという俺の知る魔族が居ることが判明した時点で状況は複雑になった。こうやって戦力を分散することはこの先の戦いでまた必ず出てくるだろう。

あいつらの意思と俺のやりたいこと。この二つを満たせる状況になったのは僥倖だったと言えるな。

「少しずつ慣れてくるだろうが、人間同士の殺し合いは避けたいもんだ。お前らもそう思うだろ？　なあ!!」

俺はレッサーデビル達を蹴散らしながら森の奥へ進んでいく。

最前線に居たのが俺達のパーティだったので、他に騎士達の姿はない。

【グォァァァ……】

「ふん、グレーターデビルか。お前でも俺には勝てねえよ」

やがて皮膚の色が違う上級の魔族が増えてくる。こいつらも前の世界でも見たことがある個体なので、特に労せず斬り伏せることができた。

この世界に来て初めて遭遇したが、この数に上級の魔族……本気だってことか？

「なんだ？　別方向に行く奴らがいるな？　おっと」

【グゲァァ……!?】

一瞬、空が暗くなった気がしたので魔法を放ちつつ見上げると、レッサーデビルとグレーターデビル達の一部が進路を変えているのが見えた。馬鹿の一つ覚えは止めたかと、迫りくる敵を斬りながらそう呟くが、頭の中で地図を思い浮かべながら俺は眉を顰《ひそ》める。

「あの方角は海か？　まさかあいつら港を攻撃するつもりか……！」

船を破壊されたら後が面倒になる。

造船技術がどの程度か分からないが、俺達が貰える船が壊されるのは避けたい。

俺は海へ向かっている魔族に対して魔法で攻撃する。

「チッ、遠すぎるか」

しかし後方の連中が塵になっただけで、本隊であろう数は遠ざかっていく。

「グレーターデビルも居るし、バリスタだけであれを捌《さば》けるとは思えない……どうするか」

【どうもこうもないだろう、勇者よ。ここで私に倒されるのだからな】

俺が逡巡《しゅんじゅん》していると、背後から聞き覚えのある声が聞こえてきた。

その方向へゆっくりと振り返り、レムニティの姿を確認してから口を開く。

「……へえ、そっちから来てくれるとは助かるな。俺一人が相手なら勝てると思っているのか？」

【勝つさ。そうでなければ魔王様に申し訳が立たん】

俺に向かおうとしたグレーターデビルとレッサーデビル達が動きを止めた。

さらにレムニティが手をかざすと、デビル達が俺を避けてから通り抜けようとする。

もちろん見逃すことはなく、等しく魔法と剣で殺してやった。

【……恐ろしい男だ。確実に首を落とすか胸を貫き、前へは行かせない。あの特大魔法もお前の仕業だろう？】

「まあな。お前らに容赦《ようしゃ》をする必要はないから、確実に潰すだけだ。どうせこいつらに感情なんてないだろ？」

俺は自分の頭をトントンと指で叩きながらそう言った。

するとレムニティは頭を振りながら口を開く。

【我々を知っていたとて、皮膚の硬さはそこらの人間が対処するには手が余る。易々と切り裂けるものではない。魔法に対する防御力もそれなりにある体を塵に変える魔法の威力……勇者なら納得もいくが、それにしてもお前は強すぎる】

「俺は勇者じゃないらしいけどな。一緒に居た三人が本物だ」

【ではお前はなんなのだ？　魔族に精通し、勇者に匹敵する強さを持つお前は】

「そいつに答えたら、お前達がこの世界に来た理由を答えてくれるか？」

お互いの情報が必要だと思い、俺は次に会ったらこいつに聞くことを決めていた。いや、もし質問が来たら答えてやることも考えていた。

【なにを――】

レムニティの言葉を遮って言う。

「前にも言ったが俺はお前達を知っている。お前は昔、俺が倒した魔族の一人だ」

【……？　確かに前回は不覚を取ったが、お前とはあそこが初対面だ】

「いや、俺は間違いなくお前を知っている。魔王セイヴァーも魔炎将《まえんしょう》グラジールもな」

【グラジールもか】

確かこいつとグラジールという将軍の仲は悪かったのを覚えている。案の定、レムニティはやや不快感を表情に出す。

「だがお前は俺を知らないという。本当にそうなのか？　嘘ではなく」

【……ああ、お前のような強い相手と出会っていれば、必ず覚えているだろう。私は五十年ほど前にこの地に来たが、そんな記憶はないな】

今のセリフ……言っていることに矛盾を感じる。こいつは『この世界ではない場所から来た』ことを認識しているようだ。

だが、それでは俺の疑問は解決しない。

「そうじゃねえ。俺達がここへ来たのは最近だから、そういう意味では知らなくて当然だ。ここでの問題は、俺がお前を知っているのに、お前が俺を知らない点だ」

レムニティがこの世界に来た時期と、俺がこいつを知っている理由を引き合いに出されると、問題がうやむやになる。

だからもう一度、俺は質問を繰り返す。

「ここではないどこかでお前は俺と会っている。それを覚えていないかって話だ」

【……どうしてもその質問に答えてほしいようだな？　何度も言うが、私はお前を知らない。だが一つ分かることはあるぞ】

「なんだ？」

【それは……お前が敵だということだ】

「ま、それはその通りだな。ありがとよ、こちらも少しだが分かったことがあった。だが、それはお前に伝えるまでもない。魔王をいつ倒すかは分からないが、とりあえず安心してもう一度死ね」

レムニティが不敵な笑みを浮かべ、周辺にどす黒い殺気が膨れ上がっていく。自分が殺されたと聞かされて不快にならない奴も居ないかと、俺は臨戦態勢を取った。

どうやらレムニティは本当に俺を知らないらしい。

こっちからすると『前の世界からやってきたのは間違いないが、その記憶はない』ことが不可解でしかないが、すでに話し合いができる時間は終わった。

【行くぞ！】

風を纏った剣を抜いたレムニティは一直線に突っ込んできた。シンプルな戦法を使ってくるのは相変わらずかと少しだけ懐かしさを感じながら、俺は腰を落として受ける体勢を取る。

【ハァァァァ！】

「その剣、懐かしいぜ。最初に会った頃はめちゃくちゃ強かったな」

【お前のことなど知らないと言っているだろうが！】

「ふん！」

右手に持っている剣を俺の肩に向かって振り下ろしてきた。俺がそれを受け流し反撃をすると、レムニティも剣でガードをしてくる。

「相変わらず真面目だな、お前は……！」

【貴様……！】

レムニティは不快感を露わにして踏み込んでくる。静かな森の中で剣のぶつかる音が響き渡る。

【吹き荒《すさ》べ――】

「その剣、確か『ブリーズ』って名前だったっけか」

【……!?　なぜそこまで！　クソ、調子が狂う。吹き荒べ『ブリーズ』！】

前にかなり使われて苦戦したからよく覚えているっての。

レムニティは『ブリーズ』とか言いつつ竜巻のような風と雷を纏った斬撃を繰り出してくる。

「そいつを使うには場所が悪いな！」

俺は素早く移動し木々の間に隠れて斬撃をやり過ごす。斬撃が触れた木は一瞬でズタズタに引き裂かれて黒焦げになる。

【チッ、剣で受けてこないとは本当に知っているのか……しかし逃げているだけでは私は倒せんぞ？〈烈風破傷《スカーウインド》〉！】

木の陰に隠れながら移動する俺を炙り出すため、レムニティは特有の魔法を放ってくる。

こいつは障害物を斬り裂きながら飛んでくる性能を持つ。

例えば今、俺は木の裏に隠れているが、その魔法は鋭いカッターのような風で、すり抜けるように木を抜けてくる。

「甘いぜ。今度はこっちの番だ〈金剛の牙《アースファング》〉」

【くっ……！】

俺も死角から、魔法で奴の足元に岩で出来た棘《とげ》を生やす。レムニティはそれを空中に浮いて回避し、忌々しいといった顔で俺の居る場所を睨みつけてくる。

「行動と攻撃方法は把握している。お前に勝ち目は……ねえよ！」

俺はサッと木の陰から飛び出して、空中に居るレムニティへ〈水弾《アクアバレット》〉を撃ち込んだ。

【速い……！　だが、『ブリーズ』はこういう使い方もできる！】

〈水弾《アクアバレット》〉を空中で剣を振って発生させた竜巻と雷で防ぎ、漏れた攻撃が俺の左肩を斬り裂いた。

【当たったぞ！　……ぐあ!?】

俺に攻撃が当たったことに笑みを浮かべるが、その直後、奴の羽へ二十本もの〈炎射《ファイアアロー》〉が突き刺さる。

〈水弾《アクアバレット》〉で目くらましをしておいて、その後にノータイムで追撃をしておいた。

グランシア神聖国で戦った時と同じく、あえて飛ばせて羽を広げさせたのだ。

「集中力が切れたな」

【ぐぬ、調子に乗るなよ、人間】

首を刎ねるかと片膝をついているレムニティに前進して斬りかかると、慌てて剣を受け止めてきた。そのまま驚いた顔で距離を取るレムニティ。

俺はその間にレムニティから貰った傷を魔法で治す。

「〈奇跡の息吹《ロイヤルヒール》〉」

【傷があっという間に……クソ、もう一度、『ブリーズ』を――】

さらに攻撃を続けようと集中するレムニティ。だが、ここまでの攻防で感じたのは前の世界で対峙した時よりも格段に『弱い』。

俺はこいつを倒したことがあり手の内を知っているから、当然といえば当然だが、それを差し引いてもレムニティが完全に力負けをしていることに違和感がある。

前はリーチェのもう一つの姿で、七色に光る刃を持つ大剣『埋葬儀礼《リチュアル》』を持っていてほぼ互角だった。今は通常の武器でも戦えるだろうと踏んではいたが、それほど脅威を感じない。

どちらにせよ、本当になにも知らないとなれば、生かしておく必要もないので始末するのが妥当だろう。

アキラスとこいつの件で少し気になることができたがそれは胸に留めておくことにし、俺は全力で決着をつけにいく。

「本当になんなんだろうな。前に戦ったお前はもっと強かったぞ」

【前のことなど知らん！　舐めるな……‼】

「それも当たらなきゃ意味がないからな」

俺は斬りかかってきたレムニティの剣《ブリーズ》をギリギリのところで回避してカウンターで斬撃を放つ。

それを見越した奴は即座に反応して空へ逃げようとするが、再生のできていない羽では浮くことができず、俺の攻撃が胸板を切り裂いて血が噴き出す。

【なんと……⁉】

『ブリーズ』を含めた全ての攻撃は見切っているので、俺が致命傷を食らうことはない。

地に落ちたレムニティの首に剣を突き刺そうとするが、そこはきっちりガードされた。

奴は剣をガードしたまま口を開く。

【なぜだ……！　なぜ勇者とはいえ、ここまでの強さがある⁉】

「俺はこの世界じゃ勇者じゃないと言っているだろ？」

【ぐおあ⁉】

鍔《つば》迫り合い状態から剣を滑らせ、すれ違いざまに左腕を斬り裂いてやると片膝をついた。

……さて、先ほど言った通り、レムニティとの戦いはそれほど労せず有利を取れている。

俺が使っているのはいい剣だが普通の武器。そして攻撃の連携にそれほど魔法を織り交ぜていないのにこの程度。前の世界で戦った時ほどの『圧』がないと感じる。

魔王を倒した時には、すでにこいつは討伐済みだった。

そう考えれば、当時レムニティを倒した時より俺は強くなっている。俺も歳を取ったとはいえまだ衰えるような歳じゃない。だからこいつが弱く感じるのかもしれない。

だが――

「……いくらなんでも手ごたえがなさすぎる。それで本気か？　アキラスは知らないが、お前の強さは知っているつもりだったんだが」

【なんだと……!?　うぐ、再生が間に合わない……しかし！　〈死を運ぶ嵐《デッドストリーム》〉！】

片膝をついた状態から黒い乱気流のような渦を生み出して俺に飛ばしてくる。

あの時も最後の最後でこの魔法を撃ってきて、ダメージを受けたなと思い出した。

掠《かす》っただけで肉が抉《えぐ》れて大量の血が噴き出し、上級の回復魔法を使わなければ腕が動かなくなってしまったかもしれない。直撃だったら確実に死ぬ。

「……ふん。それも知っている。〈煉獄の咢《パーガトリィ》〉」

【馬鹿な!?　がはっ……】

俺は地面に剣を刺し両手から〈煉獄の咢《パーガトリィ》〉を放ち攻撃を相殺する。その直後、爆発音と煙が巻き起こり視界が遮られた。それと同時に剣を投げつけてレムニティの腹へ貫通させた。

【ぐ……!?】

それでも反撃をしようとしてきたレムニティに接近し、顔面を蹴り飛ばす。

「剣は返してもらうぞ」

なぜか俺はレムニティに対して失望したのか、どうでもよくなってきていた。

【こいつは……強すぎる。単なる人間かと思っていたが、私ではまるで歯が立たない。魔王様といえども今の状態ではこの男に勝てないかもしれん。ならば死んでも私がここで貴様を止めねば！】

腹の剣を抜く際に反撃をしようと、口の血を吐きながら『ブリーズ』を展開するレムニティ。

俺はそれをバックステップで回避し剣を構える。

「まあ、どちらかが死ぬまでやるしかない。そして、死ぬのはお前だがな」

【……まだまだぁ!!】

なぜこれほど失望したのかは分からないが、向かってくるなら殺すまでだ。

「セイヴァーも前の世界で倒している。その傷が癒えていないってことか？　おっと……！」

レムニティは捨て身に近い攻撃を繰り出してくる。先ほどよりも確実に動きが変わり、『ブリーズ』を雑に振り回してくる。

腹の傷が広がり、血があたりへ飛び散っても攻撃を止めない。そんなレムニティは突きかかってきながら俺を睨む。

【貴様に魔王様のことを教える義理はなかろう！　〈死を運ぶ嵐《デッドストリーム》〉】

「そりゃそうだ……！　〈魔妖精の盾《シルフィーガード》〉」

【完全に防ぐだと……！　ならばこの剣一つで貴様を倒す！】

俺に魔法が通用しないと判断したレムニティは『ブリーズ』のみで接近戦へ持ち込んできた。

【吹き荒べ、『ブリーズ』！】

「さっきより研ぎ澄まされているな。だが、俺もまだ全力を出しちゃいない」

だが、無傷の状態でも力負けしていたのだ、傷だらけの状態で勝てるはずはない。『ブリーズ』が吐き出した嵐と雷が周辺の木を薙ぎ倒していき、視界が広くなっていく。

俺は〈魔妖精の盾《シルフィーガード》〉を展開してガードしながら一気に詰め寄る。

【これでも、届かんとは――】

「……！」

レムニティが冷や汗をかきながらニヤリと笑う。その顔に先ほどまでの落ちた気分はなかった。

だが、俺には関係ない。隙のある左肩から袈裟懸《けさが》けに剣を振り下ろした。

【が……!?】

「終わりだ。あとは心臓を潰せば。お前の死が確定するな」

【こ、ここまでか……申し訳ございません、魔王様……】

「……レッサーデビル共を使えばもう少し善戦できたろうに」

【強者は堂々と戦う……それが私のポリシーだ。前の世界の私もそう言っていなかったか？　正面から全力で戦って負けた。それだけのことだ……】

フッと笑うレムニティ。『強者は堂々と戦う』というセリフは確かに前の世界でも言っていた。

そこで俺は気づく。

……前の世界で死闘を繰り広げたこいつが俺を覚えていないことが気に入らなかったのだ、と。

レムニティは魔族らしく人間を見下すが、言葉通り強者には敬意を払い、常にタイマンをしたがる。

そんなこいつを俺は魔族の癖にやるなと認めていたのだろう。

かつてライバルに自分のことを思い出してほしかったのだ。

しかしそんな胸中のことを話す必要はない。息も絶え絶えのレムニティを見下ろして俺は質問を投げかけた。

「……セイヴァーはなぜ出てこない？　あいつが本気を出せば、地上は一瞬で魔族の支配下になるだろう」

当時の俺でほぼ互角だったので、ただの人間が複数でかかってもかなり厳しいと予想できる。

「一度だけ婆さんが勇者を召喚したようだが、そいつは倒せたんだろ？」

【……】

レムニティは答えない。だが俺は言葉を続ける。

「そう考えると最低でもいくつか国を落とせてもおかしくはないと思うんだがな。いや、この世界の人間よりお前らのほうが強いから、やっぱ地上を制圧できるか」

【なぜそこまで我らのことを……いや、ずっと知っていると言ったな。どういうことだ……？】

「お前がセイヴァーの状況を教えてくれれば、土産《みやげ》に答えてやってもいいぞ」

俺がレムニティの額に剣を突きつけて質問をすると――

【……さっさと殺《や》れ】

「そうかい」

それだけ言葉を交わして俺は剣を持つ手に力を入れる。

……果たしてこれで本当によかったのだろうか？　他にも考えることがあるんじゃないか？　俺はそんなことを思いながら、目を瞑るレムニティを見下ろす――

◆　◇　◆

――Side：風太――

――僕達は港へ向かうべく来た道を戻っていた。

「しつこいわね！」

「夏那ちゃん落ちないでね！　〈アイシクル〉！」

「だけど思ったより追撃が少ないよ。リクさんや騎士さんのおかげかな？」

ヘラルドさんの先導で街門までの最短ルートを教えてもらい、あと少しで門に到着というところまで来ている。

レッサーデビル達も低空飛行をしながら追いかけてきたけど、僕達だけで対処できる程度の数だった。

「どう？」

「電話に出ない。もう戦闘中だろうね」

「ならあたし達でやるしかないか……」

一応、リクさんに伝えておこうと、かつて魔法で使えるようにしてもらったスマホで電話をかけたけど、さすがに取ってもらえなかった。

「あ、また魔法が空に！」

遠い空の下でデビル達が塵になっていくのが見えた。多分リクさんが放ったものだ。

さっき港へ向かっている動きを見せていたデビル達も攻撃していたようなので、リクさんも狙いに気づいているはず。

「止まれ！　ん？　貴方はヘラルド殿！　前線に行った冒険者パーティと一緒にどこへ行くんだ？」

なんとか門まで辿り着くと、門番さんがそう声をかけてきた。

「港だ。船が狙われている雰囲気がある。前線はかなり倒しているから問題ない。ここは頼む」

「なんだって!?　分かった！」

ヘラルドさんが事情を説明するとすぐに町の中へ入れてくれた。

「門番さんも驚いていましたね」

「そりゃあさすがにね。だけど陛下と直接契約をしたリク殿の仲間だ。融通を利かせるようにもなっていたのだろう」

「まあ、危なかったら逃げてもいいという話もありますしね」

「そうだな。よし、こっちだ！」

馬に乗って並走して話していたヘラルドさんは再び前に出て、港までの案内を始めてくれた。

ハリソン達は荷台を引きながらなのに、疲れを見せることなく戦場と化した町中を駆ける。

前回と違い明らかに敵が多いため、冒険者やレッサーデビル達との戦いも激化していて、あちこちで怒号や悲鳴、爆発音が響いていた。

「危ない……！」

そんな中、レッサーデビルの爪で頭を貫かれそうになっている冒険者を見かけた。

水樹が矢を放ち、レッサーデビルの頭と肩に命中させた。

尻もちをついていた冒険者は慌てて立ち上がり、剣を掴んで別の戦いへと戻る。

「た、助かったぜ、嬢ちゃん！」

「頑張ってください！」

止まっている暇はないので、あとは自分達で頑張ってもらおう。

リクさんが各国で言っていた『自分でなんとかしてほしい』という言葉はこういうことでもあるんだな……いつも誰かが助けてくれるとは限らないからね。

「ん？　……水樹、ヘラルドさんの右前方に居る個体を攻撃してくれ！　女の子が危ない」

僕は水樹に指示を出す。

「うん！」

行く手を阻《はば》むデビル達のせいで、港までが遠く感じる……！

空を見上げれば港に向かって攻撃をするデビル達の姿があった。急がないといけないけど、目の前でやられそうになっている人を見殺しにはできない。

「〈フリーズランサー〉！」

【グガァ……】

「あ、ありがとうございます……！」

水樹の魔法で絶命したレッサーデビルの陰からお礼を言ってきたのは、ヒュウスさんのパーティメンバーであるミーアさんだった。

「って、ミーアじゃない！」

「カナ!?　た、助かったわ……」

「あたし達は港に行くけど、気をつけなさいよ！」

水樹の魔法で近くに居たレッサーデビルも倒したけど、まだ攻撃が緩むことはない。

夏那が苦々しい顔で注意すると、ミーアさんは顔をこすりながら頷いた。

「うん……！」

「ミーア、魔法を頼むぜ！」

「ポーションを使ってくださ……きゃあ!?」

一緒に居るタスクさんと共にかなり負傷していたように見えた。

ポーションを支給している受付の女性も泥だらけで、防具の傷やへこみ具合から、苦戦していることが分かった。

「回復魔法が使えたら……」

水樹がそう呟くのが聞こえたけど、僕は聞こえなかったフリをして視線を周囲に巡らせた。

……なるほど、リクさんが戦いに身を躍らせないようにしていた理由が分かった気がする。

だけどそれを考えるのはあとだ――

「チィ、すでに攻撃されている……！　カナさんの勘は正解だったようだ！」

――前に居るヘラルドさんが港の方角を見て叫ぶ。

港に配属されていた騎士の数は少ないようで、すでにレッサーデビル達の足元には人が倒れていた。

「ハリソン、ソアラ止まって！　ここで荷台を外すわ」

「僕と水樹が先行する。ハリソン達はどこかに隠れて！」

いつでも逃げ出せるようにと夏那が二頭を自由にする。賢い馬達なので言うことを聞いてくれることを期待し、僕達は港へ駆けていく。

船がある場所へ徐々に近づいていくと、上空にレッサーデビルとも、青白い皮膚をした魔族とも違う、僕達に近い姿の魔族が居た。

【攻撃の手を緩めるな、どうせ騎士共の攻撃は俺達には届かん！　船は根こそぎ破壊しろ！】

見たことがない魔族は、レッサーデビルとは異なり、アキラスやレムニティのように言葉を口にしていた。

瞬時にこの場はあいつが支配していることを認識し、僕は魔法を放つ。

「お前か！　〈サイクロン〉！」

【なに!?】

僕の使える最高の魔法で仕掛けると、レッサーデビル達は血を流しながら吹き飛んでいく。だが、青白い皮膚をした魔族は数体ほど耐えた。

喋る魔族は皮膚を切り裂かれながらも僕を睨みつけてきた。

【俺の皮膚を易々《やすやす》と……。この力、お前が勇者か】

「どうかな。見た感じあなたが指揮官のようだから、倒させてもらうよ」

質問に対してそう答えると、魔族は目を細めてから品定めをするように僕を見て言う。

【リクというのはお前か?】

リクさんを知っている……ということはレムニティに近い立ち位置の魔族か？　そう考えていると背後から声が聞こえてきた。

「違うわよ。今頃リクは、レムニティのところへ行っているんじゃない？　あんた、名前はあるの？」

【そうか。ではここに最高戦力はいない、と。リクという人間に向けた見せしめとして、お前達を殺させてもらおうか？　俺の名はガドレイ。ああ、お前達は名乗る必要はない。人間など皆同じだからな】

リクさんの実力を知っているようで、ここに居ないことを確認すると不敵に笑う。僕達だけならなんとかなると思っているらしい。

「その言葉をそのまま返しましょう。レムニティと一緒に消えるのはそっちですよ！」

もちろんそんなことはさせない。水樹が魔族へはっきり告げると、ガドレイは両手の甲から鋭い爪を生やして声を上げた。

【よく言った！　集まれお前達。船の前に壊すべき人間が現れたぞ……！】

そう言った直後、レッサーデビル達を呼び僕達へ襲いかかってきた。

「もう一度〈サイクロン〉で！」

勝てるかどうかじゃない。ここで僕達が死んだらリクさんはまた後悔する！　あの人のためにも必ず勝つ！

◆◇◆

——Side：水樹——

ガドレイという魔族と対峙し、風太君が先に攻撃した。

「落ちろ！」

風太君の魔法がレッサーデビル達を呑み込み、数体を塵に変える。

なんとか意識のあった弓兵さん達が少し後退してから援護を始めてくれていた。

だけど相手は空中にいる。

魔法より剣のほうが得意な風太君の攻撃では、あのガドレイを追い込むには一歩及ばず、決定打を与えるには地上に引きずり下ろす必要があると感じる。

確実に倒すなら飛べなくしてから夏那ちゃんと風太君に倒してもらう形がベストだ。

となると遠距離が得意な私が軸になって戦うべきだ。二人より少し下がっていて視界の広い私はガドレイに矢を放つ。

「……行け」

【稀に鋭い矢が混じっているな。〈旋風《ワールウィンド》〉】

「矢だけじゃ無理ね。〈フリーズランサー〉！」

【む……！】

相手の魔法の隙を縫《ぬ》って氷の槍を数本生み出して飛ばす。お互い避けたけど無視できない威力だと判断してくれたらしい。

「夏那ちゃん、風太君。船を狙うレッサーデビル達を牽制して！　私があの魔族を落とすよ」

「分かった！」

「〈フレイムランス〉！　落ちなさい！　オッケー。なら任せたわよ、水樹！」

これで目標の割り振りができたから、変にお互いを邪魔することはなくなったわ。

あとは――

「任せてくれたことに応えるだけ！　この三本の矢を全部避けられるかしら？」

【他愛もない、〈疾風刃《ゲイルスラッシャー》〉】

「矢を弾きながら……！　アクア――いや、〈フリーズランサー〉！」

【やるな】

「きゃ……！」

向こうの攻撃は速く、私は避けきれず、肩に傷を負ってしまう。

だが、こちらの攻撃はさらりと回避されていた。

ボルタニア国で戦ったドーナガリィと同じく、ただのデビル達と違ってこちらの行動に的確に対処してくる。

さらに魔法も強力で、今まで相手にしてきた魔物や魔族より格段に強い。

だけど私もリクさんに訓練してもらっているし、彼の戦いを近くで見てきた。

だからこれくらいのことで動揺はしない。自分にできることをやるだけ！

私はもう一度矢を放つ。

「貫け！　ハァッ！」

【バカな真似をするぜ。何度も効果のない攻撃をするなんてなぁ。……そんな矢で俺を倒せると思うな！】

「矢だけだと思わないことですね！」

放った矢のすぐあとを追尾するように〈フリーズランサー〉が飛んでいく。これは訓練中に思いついた技で、矢を放つ際に指先に魔力を集中させることで同時発射を可能にした。

最初の矢が落とされてもすぐに〈フリーズランサー〉が飛んでいくため、対処しにくい攻撃だ。

この氷の槍は風の魔法では簡単に吹き返せない。それは風太君との実験で確証を得ている。

それにさっきガドレイに撃った際、弾かずに避けたので間違いなくそうだ。

【チッ！　〈風の爪《ガストクロウ》〉】

予想通り、爪を振り下ろして〈フリーズランサー〉を物理的に相殺しようとしてきた。

「まだです、この位置なら！」

【素早いな……！】

ガドレイが〈フリーズランサー〉を対処している隙に、私は位置を変えて死角から三本ずつ矢をつがえて二回追撃を行う。

【だが、位置を変えたからといって当たると思うなよ？　こちらにはこういう攻撃もある！】

「きゃ……!?」

ガドレイは私の矢とすれ違うように空から急襲してきた。鳥が水の中にいる魚を狙うように、伸ばした爪で直接私を狙う。

「水樹！」

「大丈夫！」

咄嗟にステップを踏んで回避したので、首のような急所には当たらなかった。

だけど肩やブーツといったガード場所《ポイント》に当たり、派手な金属音が響く。攻撃は腕が痺れてしまうほどの威力だった。

そして空に戻ったガドレイが再度急降下してきた。

「この動きはマキシムホークに似ている……！　そこか！」

【む！　チィ、やるじゃないか、小僧！】

私の前に風太君が守るように立ち、ガドレイの攻撃を打ち払う。

どちらの攻撃もクリーンヒットと言える一撃がない。

「くそ……。手ごたえがない……！」

風太君が歯ぎしりしながら言う。

【ふん、空中で縦横無尽《じゅうおうむじん》に飛べ、そこから攻撃できる俺についてこられるものか。邪魔をするならまずは小僧、貴様からだ……！】

「調子に乗って！」

得意げなガドレイに向けて夏那ちゃんが〈ファイアアロー〉を撃つ。だけど奴は素早い上下の動きでそれを回避する。

「ちょろちょろするな！」

「風太君！」

「……！　よし！」

その間に私が風太君に目配せをすると、彼は小さく頷き、そして頬から流れる血を拭って待ち構える。

【はあああ！】

「来い！」

〈ファイアアロー〉の隙間を縫ってガドレイが風太君へ急降下し、攻撃を仕掛けてきた。

それに対抗しようと風太君が剣を構えて応戦する姿勢を見せる。

だけど、ガドレイの射程内に入った瞬間、風太君はバックステップをしてその場から離れた。

【なに!?】

「くらえ……!」

風太君はすぐさま体勢を変え、地面に近づいたガドレイの側面に風太君の剣が勢いよく振り抜かれた。

【チィ!】

これは当たる。そう思っていたけど、ガドレイは風の魔法を地面に放ち浮かび上がる。

「くっ! 水樹!」

「うん!」

その瞬間、私はバランスを崩した今ならと、矢を連射する。

しかしガドレイは上昇しながら体を逸らして矢を避ける。

「避けられた……!」

【……この連携攻撃は確かに強い。大将が不覚を取るわけだ。だが、こちらには空中にいるという有利がある。俺に攻撃するには力不足だな】

「そう……だと思います?」

【なんだって? ……うお!?】

私が返事をした直後、ガドレイの真上から先ほど放った矢が降り注いで、背中と羽を貫いていく。

初撃が簡単に避けられたのは曲射気味に撃ったためで、折り返して落ちてくることを期待していたのだ。

【ぐぬ……！】

「よし……！」

六本中三本当たったなら悪くないほうだ。高度が下がったのでこのまま押し切る！

バランスを崩したガドレイに追撃を仕掛けるため、風太君に声をかける。

「風太君、今！」

「任せてくれ！」

【させるか……！】

「今、あなたが手本を見せてくれたから使わせてもらうよ！〈ゲイルスラッシャー〉！」

【うお……!?】

風の渦が暴力となって魔族を襲った。

風太君の魔法がガドレイを呑み込み、唸《うな》り上げて舞い上がる。

これはやったと思った瞬間、包み込んでいた風が弾けて消える。

そしてすぐに竜巻のような風が地上を襲ってきた！

「うわ!?」

「きゃあああ!?」

【今のはいい攻撃だったぞ！】

片方の羽に大きな穴が開いたガドレイは降下し、地上へと降り立った。

その瞬間、私を目標に据えたのか、こちらへ飛ぶような動きで突っ込んできた。

しかし夏那ちゃんはそれを見逃さなかった。レッサーデビル達に魔法を撃っていた彼女が、方向転換をして槍を構えてガドレイに突撃を始める。

「地上戦ならこっちのものよ！」

【それがお前達人間の特権だと思うな！】

夏那ちゃんの槍がガドレイの太もものあたりを狙う。ガドレイはそれを爪で弾き飛ばし、そのまま夏那ちゃんへ爪を伸ばす。

「いいや、今回ばかりはそう思ってもらう……！」

【チィッ、まだ居たか！】

船を襲うデビル達と戦っていたヘラルドさんがいつの間にかこちらに来ていて、ガドレイの脇腹へ剣を叩き込む。

「痛っ！　掠ったじゃない！」

しかしヘラルドさんの一撃では止まらず、夏那ちゃんの顔に爪がヒットし、線を引いたような傷から血が流れ出す。しかし傷は浅いようで、夏那ちゃんはそのまま攻撃を続けていた。

ガドレイは間合いを詰めて槍を掴み、夏那ちゃんの動きを封じる。そして夏那ちゃんとヘラルドさん二人を腕の力だけで投げ飛ばした。

【たぁぁぁぁ！】

「うおお!?」

「馬鹿力ね！」

夏那ちゃんは空中で一回転しながら着地をする。

「……ていうか全員でこいつに構うわけにもいかないわね、ヘラルドさんは他の騎士さん達と船を壊そうとしているデビル退治をお願い。あたし達じゃ騎士の統率は取れないから」

私達が魔族を囲んだところで、夏那ちゃんはヘラルドさんに船を攻撃する魔族の迎撃をお願いした。

「しかし、三人だけに任せるわけにも……」

「船も大事でしょ？」

「……承知した」

「気をつけてくださいね！」

船のほうへ向かうヘラルドさんに、私はそう声をかける。

連携を取るなら三人で十分だし、風太君と夏那ちゃんがかなり数を減らしてくれているからあとは騎士さん達だけでなんとかなるはずよね。

今度は三人でガドレイを囲むと、奴は私達にぐるりと目を向けながら口を開く。

【三人の勇者を相手にするのは俺でもキツイか】

「逃げ帰る、なんてことはしないよな？」

風太君が珍しく挑発するように言う。

【くく、煽ってくるねえ。……そうだな、大将のために俺も全力を尽くさないといけない。だから逃げる選択肢はないな】

「……どうしてそこまで人間達に攻撃を仕掛けるんですか?」

私は前々から感じていた疑問をガドレイにぶつける。

【どうしてって……そりゃあ魔王様のためだ。それと魔族が住める土地を得るために決まっている】

「土地は侵略する以外、他にないのか……?」

風太君がさらに質問を投げかけると、ガドレイは笑っていた口元を真っすぐに戻した。

返事はなく、ガドレイは片方の爪を消して代わりに風を纏った巨大な斧を作り出して踏み込んでくる。

「聞く気はなしか。僕が行く! 二人は援護をお願い!」

「うん!」

「あたしもやるわよ!」

【はあああ……!!】

風太君の剣と風の斧が何度も交錯《こうさく》する。その都度《つど》金属が打ち合ったような音が響き渡った。

「見た目通り、重い攻撃だ……」

風太君がたたらを踏み、後退させられた。そこへ夏那ちゃんが攻撃をする。

「この……!」

【甘いぜ……!】

「くう、確かに重いわね! 〈ファイアビュート〉!」

槍を斧で弾かれながらも夏那ちゃんの手から炎の鞭が飛び出し、ガドレイの手に巻きつこうと伸びていく。だけどガドレイは手を振り爪で鞭を相殺した。

【断ち切る！　そして散れ〈旋風《ワールウィンド》〉！】

「きゃあああ！」

「夏那！」

夏那ちゃんが弾き飛ばされ、風太君が声を上げる。

強い……！

ドーナガリィもそうだったけど、幹部クラスより能力は劣るはずなのに、デビル達とは比べものにならないくらい強い。

風太君の一撃も重いのだけど、それを弾き返すだけの力を持ち、同時に夏那ちゃんとも戦っている。

ガドレイでこの強さなら、レムニティはどれほど強いのだろう。

さらに言えばリクさんはその上……

そんな人に教わった私達も負けるわけにはいかない。

風太君が正面に立ち、夏那ちゃんはガドレイの背後に回り込むように動いて的を絞らせない。

「なら……こうしたらどうかしら？」

「たぁ！」

【ふん！】

「食らいなさい！」

風太君の攻撃を受けたガドレイの背後から、夏那ちゃんが攻撃を仕掛ける。

しかしガドレイは左手に出ている爪で槍を受け止めると、風太君を蹴ってから夏那ちゃんを振り払う。

【〈風の爪《ガストクロウ》〉！】

「がっ⁉」

夏那ちゃんを振り切ったガドレイが、風太君に追撃をする。さっき相殺した鋭い爪の魔法を振り下ろされ、風太君の胸の鎧が斬られて血が流れる。

手を出すなら今！

「ここ……！　〈ハイドロセクション〉！」

【なに⁉　ぐが⁉】

風太君に一撃を当てた隙に〈ハイドロセクション〉という、水をビームのように放つ魔法をぶつけてやった。すると奴の爪が砕ける。

「こっちは三人いるのを忘れないでね！」

爪が折れ、体勢が崩れたところへ夏那ちゃんの槍が、ガドレイの左肩を貫いた。

「風太君、こっち！」

リクさんとの訓練で怪我をすることがあったので、これくらいでは怯まない。

風太君に回復魔法を使い、私達はすぐに戦線復帰をする。

「助かったよ……！　これでまだ戦える」

【チッ。回復魔法か……こっちは手加減をしてやっているんだがな？　単純な力だけなら魔族のほうが上なんだよ！】

「ならどうして一気に攻めてこないんですか……‼」

私はそう言いながら矢を放つ。

【さっきから小賢《こざか》しい小娘が！】

帝国が何度か攻撃されているのは聞いている。ガドレイの言葉が本当なら人間相手を征服するのは簡単のはず。

だけどこうやって押し返せないという事実がある以上、魔族の言うことも――

ん？　……ちょっと待って。よく考えたら、知恵が回る魔族は幹部と副官クラス、それと魔王だけということはないんじゃないかしら……？　デビル達を生み出さなければ魔族の総数はどれほど少ないのか――

「くらえ！」

【うおお！】

私の思考を打ち消すように風太君の声が響き、彼の剣がガドレイの肩へ振り下ろされ、鋭く食い込む。だけどまだ致命傷には遠い。

【まだ終わらん……！】

「いいや終わりだ！　いろいろと見せてくれて感謝するよ。夏那、離れて！」

「りょーかい！」

【なにを――】

「この状態なら避けられない……〈ゲイルスラッシャー〉！」

【な!?】

食い込んだ風太君の剣から暴力的な風が巻き起こり、魔族の右半身が裂けた。

【野郎、やるじゃ、ねえか！　〈旋風《ワールウィンド》〉！】

風太君がそのまま剣を振り抜こうとした瞬間、至近距離でガドレイも魔法を放ち、二人共吹き飛ばされた。

「ぐあああああ!?　ごほ……！」

「風太！　こいつ！」

「風太君!?　回復魔法を！」

激昂した夏那ちゃんの槍が体の中心を貫き、ガドレイは膝から崩れ落ちる。

【ぐ、おおおお……!?　ま、まさか剣から魔法を発生させるとは……！　そんな大将みたいなことを……！　貴様も死ぬところだったのだぞ……】

「はは……皮膚は硬いけど内部はそうでもないと……思ったからね……」

【お、のれ……！　やはり勇者相手に一人では無理か……】

「くっ……!?」

槍を突き刺している夏那ちゃんを後ろ蹴りで吹き飛ばす。そして槍が刺さったまま、ガドレイは船のほうへ歩き出した。

「まだそんな力が……！」

【この傷ではもたん……。だが、大将との約束は果たさないとな……！】

「み、水樹。僕の回復はいい！　あいつを落とすんだ……！」

「うん！」

「させるものか！」

【チィ……！　人間が！】

ガドレイに気づいたヘラルドさんが盾を構えて突撃する。

しかしガドレイは剣が届く寸前で片方の羽だけで浮き上がった。

「〈フリーズランサー〉！」

「まだ飛べるの!?　〈ブレイズランス〉！」

狙いは船だと気づいた私と夏那ちゃんは、ガドレイに向かって魔法を飛ばす。

だけど一瞬だけ遅く――

【〈嵐の咢《テンペスト》〉！　……があああああ!?】

「くそ！」

風太君が片膝をついて叫ぶ中、魔族の放った巨大な竜巻が海面へ向かう。

このままじゃ船がズタズタになると、三人で竜巻を狙って魔法を撃つ。しかし、威力が段違いなのか三人の魔法はあっさりと打ち消された。

「ダメか!?」

「ごめんなさいリクさん……！」

だけどその時――

『さぁせるかぁぁぁぁ!!　〈魔妖精の盾《シルフィーガード》〉！』

「リーチェ!?」

夏那ちゃんのポケットからリーチェちゃんが高速で飛び出していき、竜巻の前に立ちはだかると防御魔法を展開した！

竜巻の大きさに比べてリーチェちゃんの魔法はそれほど大きくない。

だけど――

『だぁぁぁぁぁぁ！』

――気合いを入れる声と共に、竜巻を押し返し始めた。

【な、んだと……!?】

『ぐ、うううううおおおおおおおおおおおお!!　どっせぇーい！　あ、もうダメ――』

「弾き返した!?　凄い根性だわ！」

「リーチェちゃん!?」

【馬鹿な……!?　くそおおおおお……！】

リーチェちゃんと魔族はほぼ同時に落下した。その瞬間、私は勝ちを確信してその場にへたり込んだ――

◆　◇　◆

――Side：夏那――


「リーチェ！」

『カナ……。フフ、ここぞというときに活躍する女、それがわたし……ぐふ……』

「ちょっと⁉　って、気絶しただけみたいね……」

一応、騎士達にリーチェを見られると困ると思い、落ちていったリーチェをすぐに受け止めに向かう。どうやら切り札を最後まで温存していたみたいね。リクに頼まれていたのかしら？

フラフラと落ちてきたリーチェを滑り込むようにキャッチし、あたしは一息つく。

ガドレイは地面に突っ伏して倒れていた。

最後に放った魔法がリーチェの防御魔法で止められたことにショックを受けているようだ。

ともあれこれであとはトドメを刺すだけかしら。

「よく分からないが好機だ！　残りを掃討するぞ……！」

レッサーデビル達は残っているけど、それはヘラルドさんが向かっていったので任せていいだろう。

とりあえず合流しようと槍を拾ってから水樹達の下へ戻る。するとガドレイが立ち上がるところだった。

あたしは思わず呟いてしまう。

「しぶといわね……！」

【がはっ……このままだと大将に合わせる顔がないんでね……最後まで付き合ってもらうぞ、勇者達……】

「どうしてそこまでして……手を取り合うことはできなかったんですか？」

「そうだね。話が分かる奴も魔族にはいるんじゃないか？」

近づいてきた水樹と風太が、あたしと挟む形で魔族に話しかける。

トドメを刺すのは簡単だけど、こいつらの言い分というのも聞いてみたいと思っていたし、ちょうどいいかとあたしは耳を傾ける。

【……くだらない質問だが答えてやろう。どこまでいってもお前達は食料にすぎん。人間も家畜を食べるだろう？　それと同じことだ】

「だというなら、人間を滅ぼしたら食べ物がなくなるんだけど、そこのところどうなのかしら？　……魔王ってどんな奴なの？　あんた達がどうしてこの世界に来たのか知ってる？」

あたしの質問を聞いて、水樹は周囲を気にしながら口を開く。

「別の世界であなた達は勇者に倒されたはず……レムニティも同様だったと聞いています」

【どういうことだ……？　俺はこの世界しか知らない。魔王様が別世界からここへ来たというのは聞いているが、レムニティ様が倒されていたなど聞いたことがない】

「生み出された……あるいは再生した、とか……？」

魔族がデビルを生み出すなら、魔王が幹部を生み出せてもいいかもしれないわね。

一から作り直したと考えれば、記憶がないのは分かる。

本当かどうか確認のしようがないけど、こいつらはやはり何も覚えてないらしい。

「あんまりおもしろい話は聞けそうにないわね」

【どうでもいいことだ。お前達を楽しませるためにやっているわけではないのだからな！】

「！」

「夏那ちゃん!?」

「大丈夫……！」

あたしのところへ踏み込んできたガドレイに槍を構えて突き立てる。動きの鈍くなった相手を捉えるのは難しくなく、右胸の辺りを貫いた。

「悪いけどこのまま拘束させてもらうわ。リクの前に突き出したいからね。……まだ抵抗するなら命を奪うことになると思うけど」

【くく……いい覚悟だ……。だが、それは俺も同じこと……このままお前だけでも引き裂いて……やる……】

「あ!?　この！」

【遅い……】

あたしが槍を引き抜くより速く、刺さったまま接近してくるガドレイ。

手を放して魔法をと思った瞬間、視界の端から大きな影が突っ込んできてガドレイの体がくの字に曲がる。

【がはぁ!?】

「ハリソン!?」

派手に体当たりをしたのはウチの馬であるハリソンだった。

離れたところで待っていろと言ったのに、いつの間にここまで来たのかしら。『大丈夫ですか』といった感じで大きくいななないた。

そしてその瞬間、苦悶の表情を浮かべたガドレイの首が胴体から離れた。

近くまで来た風太がガドレイの首を斬り落としたのだ。

あたしは思わず声を上げる。

「風太！」

【……ぐぬ!?　いま一歩及ばず……。勇者は確かに強い……すまねえ大将、ここまでだ……だが俺は勝った、ぜ――】

勝ったと言いつつガドレイの体は灰となって消えた。

周囲を確認するも、追撃や船が壊れるといったことはなさそうね……？

そこでとんでもない汗をかいて歯を食いしばっている風太が、剣を取り落として口を開く。

「し、死んだ、のか……？」

「多分……ドーナガリィはリクが倒した後、灰になったから」

「それもそうだな。怪我はないかい、夏那？　……くっ」

「この通り、ピンピンしているわよ」

「良かった……」

「あんた、顔色が悪いわよ!?」

「回復魔法……でも治らないやつだね……」

その場にへたり込む風太の顔色は真っ青だった。水樹が首を振り、どういうことかと思っていると風太が口を開く。

「……首を刎ねた感触がさ、生々しくて……吐き気がするんだ……ああ、リクさんの言っていたことは、こういうことなんだなって……」

「風太……」

「僕の手で殺した。それは間違いないからいいんだ。この世界で生きるならまたどこかでこういうこともあると思う。もし、今、これができていなかったら夏那が死んでいたかもしれないしね」

「うん……」

水樹はホッとした顔で呟く。

ガドレイの胸を刺し貫いた時のあたしは興奮状態だったから、そこまで気分が悪いということはない。

だけど風太は優しいし、リクに言われていたことだけど、実際に殺すことが苦しかったのかもしれないわね。

「無理するんじゃないわよ?」

「もちろん。怖いけど、リクさんの言う通りいつか慣れると思う。そんな感じだよ」

「殺すのは最終手段……それでいいんじゃないかな?」

「……そうね」

水樹の言葉にあたしと風太は苦笑しながら頷く。あたし達はリクの居ない戦場で副幹部らしき魔族と戦って勝った。

この世界で生き抜くと決めてから初めての大きな戦い。まずは第一歩をクリアできたことを喜ぶべきかもね。

そこへレッサーデビル達を倒していたヘラルドさんが戻ってきた。

「た、倒したのか!? 打ち合った時、かなり強かったけど……凄いな」

「はい。おかげさまでなんとか勝ちました。三人居ますしね。このまま残りも片づけましょう!」

「まったく、リク殿だけじゃなく、君達も頼りになるなあ」

「そりゃあ、師匠がリクだから! それにあたしを助けてくれたのはこの子よ」

あたしがハリソンの首を撫でると『当然のことです』と言わんばかりに鼻を鳴らし、ソアラも近づいてきて水樹に顔を近づけていた。

「馬も強いな……」

「このパーティメンバーは無敵よ! さ、残りを倒しましょうか。風太、いける?」

「うん。早く終わらせよう!」

「そうだね!」

港はほとんど騎士達が片づけているのであたし達は再び町へ向かうことにした。

城にもかなりの数が群がっているのが見えるけど、今からじゃ間に合わないのでまずは見える範囲の魔族を掃討していくことに決めた。

「傷の回復は私もできます！　負傷者はここへ来てください！」

「夏那、空の敵は僕がやる。地上は頼むよ」

「オッケー！」

「おお！　あなた達は！　……って、愛しのリクさんが居ないようですが？」

「ちょっと野暮用でね！　って、あんたの恋人じゃないってのは、あいつの彼女であるあ・た・しが！　訂正しておくわね」

途中、ポーションを配っているペルレと遭遇した。おかしなことを言うので指摘しておく。

ただ、彼女もかなりくたびれていて、あちこち怪我もしていた。それが今回の戦闘の激しさを物語っているわね。

とにかくあたし達は目に入ったレッサーデビル達を倒しては馬車で移動する、遊撃に回ることにした。リクには目立つなと言われそうだけど、怪我人や暴れているデビル達を見ているとそうもいかない。

そして、ガドレイを倒してから約一時間。

とりあえず付近に居たデビル達を全滅させることができた。

「うおおおお！　勝った！　勝ちましたよ!!」

道の中心でボロボロになったペルレが両腕を上げて叫ぶ。

「「おおおおおお!!」」

それに合わせて持ち場に居た騎士や冒険者達も歓喜の声を上げる。

その場にへたり込んだり、安堵の表情で抱き合ったりと、緊張が解けていくのが分かる。

「……手放しじゃ喜べないけど」

「うん……」

風太と水樹が、気絶しているのか亡くなっているか分からない人達を見て、悲しそうに呟いていた。

これがリクの言う『戦いの果て』なのよね、きっと。あの人があたし達をずっと守り続けていたんだと思うと感謝しかない。

リクが戻ってこないし、スマホも繋がらない。そこでヘラルドさんがどうしてもと頼み込んできたので、あたし達はその足で念のため城にも向かうことにした。

リクに代わって恩を売っておくのもあるけど。

馬に乗って進むヘラルドさんの後ろをあたし達の馬車が追う。

御者台には風太が座っている。

「ふう。これで城も大丈夫なら、一段落かな……」

「うん！　私達、頑張ったよね、夏那ちゃん！」

「あー、水樹の攻撃は凄かったわね。あたしも負けていられないかも」

「やはりあなた達は強かったですねえ。リクさんのAランクもそうでしたが、わたしの見立てに間違いはありませんでした！」

なぜか一緒に馬車に乗るペルレが、そう言って胸を張る。

「というかなんであんたもついてくるのよ」

あたしが思わずツッコミを入れると、ペルレは得意げに言う。

「一応、皆さんはわたしの部隊でしたから。見届ける義務があるのです！　……おっと、お仕事の時間みたいですよ！」

とりあえずドヤ顔はスルーした。

それはともかく、ペルレの言う通り、早速お城へ続く門でレッサーデビルが暴れていた。

数は二体。

御者をしている風太は攻撃できないから、あたしと水樹が荷台から顔を出して魔法を撃つ。

「〈フレイムランス〉！」

「〈アクアバレット〉！」

【グギャァァァ……】

頭と胸を狙い、一撃で倒す。

城門に近づくと、抵抗していた門番さんが息を吐きながら門を開けてくれた。

「ヘラルドか、助かった！　意図は分かった。このまま進んでくれ！」

「行けー！」

「ペルレさんうるさい！　夏那、上！」

「はいはい！　食らいなさい！」

「よし、ここからは私も戦うぞ！」

「僕も降ります！　ペルレさん、御者を頼みます！」

「うへ!?　わ、分かりました！」

城の中庭や外壁に取りついている二種類のデビル達を倒すため足を止めて駆除をしていく。

見ればあちこちで騎士達が倒れているので、水樹には治療に専念してもらうことにした。

風太とヘラルドさんが戦闘を開始したので、戦力は問題ないと思う。

「ハッ！」

【グギャァァァ……!?】

青白い皮膚の魔族は少し強いわね？　それでも魔力を一点集中させた魔法を放てば皮膚を貫けるのでなんとかなりそう。

「しっかりしてください！　回復を……きゃあ!?」

「水樹！　……あ!?」

「だりゃぁぁぁぁぁ！」

そう思っていると水樹の悲鳴が聞こえた。

急いでそっちを見ると、お城の壁を突き破ってヴァルカさんが青白い皮膚の魔族と共に現れた。

「ヴァルカさん！」

風太が驚いて呼びかける。

「おや、フウタ達ではないか！　どうした、救援に来てくれたのか？」

あたし達が驚いている中、壁の穴からクラオーレ陛下とキルシートさんも外へ出てきた。

「ペルレも居るのか!?」

「ヴァルカ様、手伝います！」

「おう、ヘラルドか！　頼むぜ！」

激戦を経てきたようで、三人共他の騎士と同じく鎧も体もボロボロになっていた。

「ええ、ヘラルドさんに頼まれて城の魔族達を倒しに来ました」

「リク殿の姿が見えないが……」

キルシートさんが訝しむ。

「リクは敵の幹部と交戦しているはずです。あたし達は――」

と、キルシートさんに答えようとしたところでペルレが喋り出す。

「ヘラルドさんに聞きましたけど、この二人がリクさん抜きで強力な魔族を倒したみたいですよ。港が狙われていたからリクさんと別れて町に戻ったそうです」

ペルレはクラオーレ陛下へはっきりとあたし達の功績を告げてくれた。

なるほど、あたし達が『やりました！』と言うよりもギルドの受付嬢から告げる方が自画自賛《じがじさん》にならなくていいわね。

「港か……船を狙われたのは初めてだな。こちらからは海に出られないと魔族も知っているから、船には手を出してこないと思っていたんだが」

キルシートさんは悩んでいるが、恐らくこれはあたし達というイレギュラーが魔王を狙っているのを知ったレムニティが起こした襲撃だと思う。

というか少し気になることを言っていたような……

「さて、それじゃ残りを倒して、あとはリクが戻ってくるのを待つだけね」

「頼む。キルシート、我々は負傷者の手当てや救護に回ろう」

「ハッ！　フウタ殿はヴァルカと戦闘を頼みます」

「水樹は回復魔法をお願い」

「分かった！」

役割を決めてから掃討に入るあたし達。

城内にまで入り込んでいる個体も居て、騎士総出で戦っていた。驚いたのはクラオーレ陛下が強かったことね。

壁から出てきた時のボロボロ具合でまさかとは思っていたけど、陛下はレッサーデビルなら問題なく相手にできそうなレベルだった。リクが警戒するのはこういうところもあるのかもしれないと感じた。

ほどなくして城も落ち着きを取り戻し、少なくとも人間側は勝利を収めたと言っていい状況となった。

さて、こっちは片づいたけどリクはどうかな……？

あとは町の片づけをして船を手に入れて終わり……そう思っていたんだけど、現実は甘くない。

あたし達はそれをこのあと、痛感することになる——

第七章　終わりではなく始まり

「空が静かになったな。終わったのか？」

——俺は森で暴れていたレッサーデビルとグレーターデビルを始末しながら町へ戻っていた。

風太達が居るはずの場所にはテントなどしか残っていなかったので、恐らく町に戻ったのだろうと推測した。場に残っていた道具類を収納魔法に突っ込んで町の壁のそばを駆け抜ける。

とりあえずレムニティを制圧したことで、帝国の脅威を減らすことができた。

成果としては上々で、奴の首も左手にある。いろいろ仕掛けをしてきたが、それを明らかにするのはもう少しあとでいい。ひとまず、クラオーレ陛下に出す手土産としては完璧だろう。

ほどなくして門に到着すると、門番が笑顔で俺に声をかけてきた。

「おお、戻られましたか！　ひっ!?　そ、それは魔族の首……？」

「ああ。なんとか倒したぜ。俺の連れが町へ戻ったか知っているか？」

「ヘラルド殿とお仲間さんが慌てて港へ向かうと言っておりました」

「ありがとう。向かってみるよ」

門番に礼を言って足を港へ向ける。

「風太達は港へ行ったのか、よく気づいたな」

船は心配だが、風太達が向かったならなんとかなったか？

「お、もう終わっているのか」

町へ足を踏み入れると、すでに魔族は消えていた。周囲に居る人間達も緊張が解けて片づけや休憩をしている。

急いで港に行きたいところだが、痛々しい姿の負傷者が目に入り、俺は彼らのほうへと足を向けた。

もちろん、レムニティの首は収納魔法に一旦隠しておく。

「おい、しっかりしろ。今、治してやる」

「ちょっと勝手なことを――」

この部隊の受付嬢が冒険者に声をかけた俺に注意をしようとしてきた。

だが、俺はその前に〈奇跡の息吹《ロイヤルヒール》〉を倒れた男にかけた。

「う、うう。……なんだ、痛みが引いていくぞ？」

「傷口だけ治した。あとは飯を食って血を戻せ」

「あんなに血が出ていたのに……た、助かったぜ！　ありがとう、ありがとう！」

「す、凄い……！　あ、こ、こちらの方もお願いします――」

そう言われ重傷者のところへ案内された俺は、次々と治療をして回る。

その中には息をしていない者も居た。こういうことはもちろんある。運が悪かった、それだけだ。

先の襲撃と比べ、死者まで出ていることから将軍であるレムニティが本気度が窺《うかが》える。

それに、俺が情報を得るために引き伸ばしたからという側面もある。だからもしかしたら犠牲にならなかった人間かもしれないのだ。

「……すまない」

「え……？」

遺体に手を合わせて呟く。受付嬢が少し困惑しているが気にしない。

そこで師匠が『背負い込みすぎんじゃねえ』と笑いながら言っているような気がした。

「……よし、次だ」

しばらく回復魔法を使いながら進んでいると、少し遠いところに見慣れた三人と馬の姿が見えた。

俺は急いで合流する。

「無事か！」

「リクさん……！」

「戻ってきたんですね！」

「風太、水樹ちゃんも無事のようだな」

「はい、リクさん無事でよかった。でも――」

風太と握手を交わしながら話をするが、夏那がしゃがみ込んだまま動いていないことに気づく。

肩を震わせているな？　……泣いているのか？　そう思いながら地面を見ると――

「ミーア！　しっかりしなさいよ！　水樹に魔法かけてもらったんでしょ！」

「……」

「タスクも！　起きなさい！」

――ミーアの上にタスクが折り重なるように倒れていて、夏那が必死に二人を揺さぶっていた。

傷は治っているが目を覚まさないといったところだろう。

俺も片膝をついて二人の脈を取る。……まだ死んではいないな。

「こいつか」

タスクの穴の開いた鎧を剥がしてみると、腹のあたりに血がべっとりとついていた。

「リク……！」

「落ち着け夏那。タスクをどけるぞ」

ミーアの上からタスクをどけて仰向けに寝かせる。するとミーアの左脇腹にも血がついていた。

怪我の具合からグレーターデビルの爪が貫通したという感じで、肉が抉られている。

多分タスクが庇ったが、予想以上の威力でミーアも負傷したんだろうな。

「私が回復魔法を使ったのに……」

「ピンポイントで治さないとマズいやつだな」

「ねえ、リクならなんとかならない!?　回復魔法、あの凄いやつで！」

「一応、やってみよう」

夏那が俺の腕をガクガクと揺らしながら叫ぶので、落ち着かせてからタスクとミーアの傷口にそれぞれ右手と左手を添える。

息をしておらず脈がギリギリ。〈奇跡の息吹《ロイヤルヒール》〉で紙一重ってところか。さて、間に合ってくれよ……！

「いけるか……！」

「す、凄い……これなら……」

どこからかヒュウスが頭に包帯を巻いた状態で現れて、ポツリと呟く。

よく見るとグルガンも少し離れたところでへたり込んでいた。

皆が見守る中、傷口が塞がっていく。あとは意識が戻ればいいんだが。

「う……」

「息を吹き返した！」

タスクがうめき声を上げ、風太が喜ぶ。

そして数分後……

「う、ごほっ……」

「げほっ、げほっ！」

二人が血を吐いて咳き込んだので、上手く気道を確保してやる。

少しして二人共呼吸が落ち着いたため、問題ないだろうと立ち上がった。

「ふう。間に合ったか」

「やったわ！　さすがリク！」

俺が汗を拭っていると、夏那が飛び込むように抱き着いてきた。

「うおっと……!?　落ち着けって。あとはゆっくり休ませれば問題ないはずだ。だが、冒険者としてまたやっていけるかは分からん」

俺がそう言うとヒュウスが頭を下げながら言った。

「いや、命が繋がっただけでも十分だ。ありがとうリクさん」

「お前は大丈夫か？」

「魔法と火球が掠っただけだから俺は大丈夫。他の負傷者のところへ行ってやってください」

「オッケー。よし、行くぞ」

首に抱き着いた夏那を落ち着かせながら、風太と水樹ちゃんを連れて他にも現場を回っておいた。

その中には先ほど俺一人で確認したように、助かる命と助からなかった命があった。

それを見て三人は黙り込んでいた。

夏那もさすがに俺から離れる。

「これが現実だ。お前達は力があるからなんとかなっているけどな」

「うん……」

「そう、ですね」

夏那と水樹ちゃんは伏し目がちにそう呟いた。

「理解していたつもりでしたけど、やっぱり目の前にすると苦しいですね……」

「段々、これが当たり前になって慣れていく。それにこいつらも覚悟の上で戦っているんだ」

三人とも顔を見合わせて頷き合い、頬を叩いて気合を入れ直していた。

『怖いけど決めたことだもんね』とは水樹ちゃんの言《げん》だ。

話題を変えるため、港について尋ねることにした。

「そういや港に行ったらしいな？　なんでまたあそこへ向かったんだ？」

「えっと、夏那ちゃんが魔族の動きがおかしいって気づいたんです」

「へえ、夏那か。てっきり風太だと思っていた」

「へ、へへ！　あたしはそういう勘が働くのよ！　おかげで船はほとんど無事だし、副幹部っていうの？　ガドレイとかいう魔族を倒したわ」

「なんだって……？」

ガドレイという名前には憶えがあった。奴も前の世界で倒した魔族の一人だ。

「僕が首を刎ねました。ハリソンも手伝ってくれて」

「おいおい……」

思ったより派手に活躍していたので、俺は肩を竦めて驚く。

まさか副幹部クラスを倒しているとは思わなかった。

レムニティとガドレイという二人の魔族のことを、俺は知っている。しかし風太の話によるとガドレイも前の世界など知らないという。

疑問が増えていくのがもどかしい。特にアキラスとレムニティの関係性などもそうだ。

俺は前の世界でアキラスを知らないが、レムニティはあの女を知っているそぶりを見せていた。

この齟齬《そご》がなんなのかもこれからの課題になりそうだ。

セイヴァーの下へ行けば全ての謎が解けると思うが……

「ま、なんにせよ夏那のお手柄だな」

夏那の機転で港へ援護したことや、風太が敵の魔法から着想して反撃を決めたなどの話を聞いて、また一つ成長したなと隣の夏那の頭を撫でる。

「ちょ、やめてよ、子供じゃないんだし……」

と、夏那がまんざらでもない顔で口を尖らせる。

俺もよく師匠に子供扱いされたもんだ、と言いながら、肩を竦めてハリソン達のところへ向かう。

俺は御者台に乗り込むと、夏那が思い出したように言う。

「あ、そうだ。リクを見つけたら城に連れてきてくれって、陛下が言っていたわ」

いつの間にか三人は城にも救援に行っていたらしい。

「そうか。他にはなにかあったか？　その副幹部以外に変わったことは？　お前達が無事なら船は壊れていてもいいけど」

荷台から顔を覗かせていた水樹ちゃんが俺の質問に反応する。

「えっとリーチェちゃんが魔法でガドレイの魔法をガードしてくれましたから、全壊してはなさそうですね。ただ、キルシートさんが『こちらからは海に出られない』という話をポツリと言っていたのが気になります」

海に出られない、か。いくつか理由は考えられるが、それは話を聞いてから判断しよう。

「サンキュー。ま、とりあえず報酬を貰いに行こう」

「ということは、レムニティを見つけて倒せたんですね」

「この通りだ」

「ぎゃぁぁぁぁぁ!?」

俺が収納魔法からずるりとレムニティの頭を取り出すと、夏那が悲鳴を上げた。

まあ、生首はさすがにやりすぎたか。

風太達と合流ができ、港に行く必要がなくなったので、進路を城へと取る。

そして俺達は若干破壊の跡が残る城へ到着し、謁見《えっけん》を申し入れた。


俺達は城に着いてすぐ、謁見の間に通された。

そこにはクラオーレ陛下とキルシート、それにヴァルカというくだいつもの三人が居た。

「すみませんね、お忙しいところ。すぐに報告したほうがいいと思いまして」

「構わん。リク殿の仲間が強力な魔族を倒したと聞いているが、なんだ?」

クラオーレ陛下が状況確認をしてくる。ガドレイを倒した以上の成果はないと考えているんだろうな。

俺はさっさと話を終えるため、収納魔法から生首を取り出す。

「ヴァッフェ帝国を攻撃していた魔族の幹部の首を取りました。なので報酬をいただきたいと思います」

「な……!?」

「マジかよ……！」

キルシートとヴァルカが驚愕の声を上げる。クラオーレ陛下は目を見開いて聞いてきた。

「なんと……よく見せてくれるか？」

「ええ」

知らないと言われたら面倒だったたが、姿は知っていそうで安心した。

俺が前へ出て首を差し出すと陛下は検品？　を始めた。まあ、近くで見たことはないだろうから肌の色や耳の形などでしか判断できないと思うけど、どうだ？

「……これは確かにいつか見た魔族の顔……」

「すげぇなリク殿。やっぱりお前は只者じゃねえ」

戦慄するクラオーレ陛下と腕を組んで笑うヴァルカがそれぞれ感想を口にしたあと、キルシートが話し出した。

「見事です。これで帝国の民は落ち着きを取り戻すでしょう」

「ああ、冒険者達の収入源を奪った形になるのは心苦しいですがね」

俺が肩を竦めて笑うと、キルシートは顎に手を当ててから言う。

「他の国も魔族に襲われていて、同様の依頼はいくつかあると思いますので、今度はそちらに流れる可能性が高いですね。ここに残りたいというなら仕事の斡旋《あっせん》はするつもりですが、ギルドの契約はひと月で終わりになるでしょう」

「危険と儲け話は表裏一体だしな。少なくとも帝国の危険はなくなったから、よしとしたいところですな」

俺がそう言うと、キルシートが布袋を持たせた者を俺達のところへ行くよう促し、四人でそれぞれ受け取った。

これが船以外の報酬か。中身は一人あたり金貨三十枚ってところだな。命を懸《か》ける金額としてはまあまあだ。

「それと船は港にあるものを使ってもらって構わない」

「ありがとうございます陛下。……一つ尋ねてもいいですか？」

「なにかな？」

「海に出られない、という話を水樹ちゃんが耳にしたみたいなんですが、どういうことか説明していただけますか？」

「……む、そのことか。いや、リク殿ならあるいは、と思って言わなかったが……」

「ま、行って話したほうが早いんじゃないですかね？」

「そうだな。町の状況も見たい。移動しよう。首はこちらで引き取ってもいいか？」

ヴァルカがそう言い、クラオーレ陛下が小さく頷く。首に関しては好きにしていいと返しておく。

「船はほとんど残っていたけど、なにが問題なんですかね？」

「まあ、見てもらえれば分かる。港へ行ったなら何か違和感がなかったかな？」

「違和感、ですか」

風太がそう言って首をひねる。

ハリソン達は休憩してもらい、城の大きい馬車に乗り込んだ俺達はそんな話をしながら港へ向かう。

道中、町の破損状況を見たクラオーレ陛下が復興するまで冒険者の契約を続けてもいいだろうとキルシートと相談をしていた。

しばらくして港へ到着した俺達はヴァルカや副団長のノヴェルの案内で船の近くまで行く。

ノヴェルは海洋部隊……いわゆる船を扱う騎士団の副団長らしい。

「これは……!?」

「水草、ですか?」

風太が驚き、水樹ちゃんは首を傾げる。

「藻《も》だな。それと、船底にでかい貝がびっしりくっついている。これが海に出れない原因か」

早速海面を覗き込むと、水面には大量の藻が浮かんでおり、港にある数少ない中型船の外装には牡蠣《かき》のようなでかい貝がくっついているのが確認できた。

なるほど、海全体というわけじゃないが、あちこちに藻が見え隠れしている。あれを避けながら進むのはかなり至難《しなん》の業《わざ》だろう。それにあの貝、かつて見たことがある形をしている。

「違和感と言われてよく見ると、悪天候というわけでもないのに、ほとんどの船は海に浸かっていないんですね」

「……そうだ」

ノヴェルが不機嫌そうな声で風太の言葉を肯定する。俺はそれを聞きながら別のことを考えていた。

「……」

「リク？」

夏那が不思議そうに尋ねてくる。

「試してみるか」

俺は〈飛石《ストーンブラスト》〉という石を生み出して目標へ叩きつける魔法を、牡蛎みたいな貝へぶつけてみた。

すると、だ。

「うわ!?　全然壊れない……！」

夏那が驚く。

「ううん、それどころかなんか反撃してない？」

「水樹ちゃんの言う通りだ。俺の放った石がぶつかった瞬間、魔力で砕いている。あれは魔物だな」

「あんなのも居るの？　ただの貝じゃないのね」

夏那が目を丸くして驚いていると、ヴァルカが笑いながら夏那の横に立った。

「我々も剥がそうとしたんだが、騎士と冒険者が腕の肉を食いちぎられる、ということがあって以降、手を出せないでいる。さらにこのまま出港したとするだろ？　すると船が沖に出たのを見計らって、船底を食い荒らすんだ、お手上げだよ」

ヴァルカが手を広げて苦笑しつつ続ける。

「それで船が沈む、というわけだな。リク殿の要望は四人でそれほど大きくない船が欲しいとのことだったので、藻は回避できると考えた。そして幹部クラスを倒せるリク殿なら、この貝もなんとかできるかもと期待したんだ」

そういう目算があったからあっさり船を渡すと言ったわけか。これを駆除できれば、海に出て魔族に反撃することはもちろん、各国に牽制することも可能だからな。先に伝えてほしくはあったが、その事実を隠して俺を利用したとも考えられる。まあ今回はいいだろう。

さっきも言ったが、俺はこの貝を見たことがある。

レムニティと同じ幹部の一人、『魔海姫《まかいき》メルルーサ』が放つ魔物だな。

あいつがレッサー系の部下を使って侵略するより、こういう嫌がらせを好む性根の悪い幹部だったことを思い出される。

あとはメルルーサが俺を知っているかどうかが気になるところだな。

「とりあえず、海に出るにはこれをなんとかしないといけないってことか」

「リクさんはアレを倒せたりしないんですか？」

「厄介だな。迂闊に手を出したら、それこそ腕を持っていかれる。船底ごと吹き飛ばしてその部分を新しく作るのが一番早いと思うが……」

ヴァルカがオウム返しに聞いてくる。

「思うが？」

「新しくあの牡蛎の魔物がくっついたらやり直しって感じだな」

「あー……」

夏那が納得と諦めが入り混じった声を出した。

あとはメルルーサを倒して海を正常化させる方法がある。だが、あいつは常に海上に拠点を作っているため船が使えないなら討伐は難しいだろう。

どうするか考えていると、水樹ちゃんがこっそり俺に耳打ちをしてきた。

「さっきの口ぶりだと、以前に戦ったことがありそうですね。その時はどうしたんですか？」

「ああ、その通りだ。その時はエルフに『聖木《せいぼく》』ってやつを貰って、牡蛎っぽい魔物が近づけない船を作ったな」

「……ふむ」

少し考えてから水樹ちゃんが一旦離れると、クラオーレ陛下が声をかけてきた。

「あれほどの魔法を使うリク殿でも難しいか？」

「そうですね、貝の魔物を倒しても、恐らくまた別の個体が張りつくだけでしょうし。どこかに操っている魔族が居るんじゃないですかね？　そいつを倒さないと海は解放できないかと」

「ああ、その通りだ……！　自分の不甲斐《ふがい》なさに嫌気がさす」

ノヴェルが怒りを露わにして口を開く。

まあ海軍人とも言える人間が、海を閉鎖されている状況は、カッパが丘に上がっているみたいなものだ。怒りと、自分にはなにもできないと苛立つ気持ちは分かる。

だが、それ以外にも何かある様子だな？　個人的なものなら聞く必要もないかと考えていると夏那が手を上げて言う。

「魔王の居る島には船を使わないと行けないのよね。どうするの？　海の幹部を倒さないといけないと思うけど、そもそも戦いの場に行けないわよ」

「そうだな」

俺がなにか手がないかと頭を回転させようとしたところで、水樹ちゃんが声を上げる。

「リクさん、グランシア神聖国の南にはエルフの森があるって言っていませんでした？　もしかしたら、そこに聖木があるのでは」

「そういや婆さんが話してくれたな」

「エルフの森は確かにあるが、聖木というのは聞いたことがない。それをどうするんだ？」

キルシートが興味深げに水樹ちゃんの言葉を反芻《はんすう》する。

婆さんから聞いたということにして話を進めるか。

「聖木はエルフの森にあるとされている大事な木らしい」

エルフはあまり人間に関わり合いになりたくないらしいから、細かい情報を知ってる奴は少ないと思われるので、前の世界の情報を適当に言っても大丈夫だろう。

「水樹ちゃんは、魔物を寄せつけないかもしれないという聖木で船を作ったらいいんじゃないかという考えが浮かんだようです」

「なんと、そんなことが……!?」

「できるかどうかは五分ですがね」

エルフが居るのは間違いないが、聖木があるのかは分からない。あったとしても魔物に効果があるのかは不明だ。エルフが居るという共通項のみで期待をしすぎないほうがいいだろう。

ま、もしダメでも、所詮は噂でしたとでも言っておけばいいので、試してみる価値はある。

今は手をこまねいている場合じゃないので、少し考えたあと、俺は陛下へ提案を口にする。

「水樹ちゃんの案を採用しませんか？　エルフに会って聖木があるかを聞いて、あれば交渉して、さらに運良く手に入れられれば船に取りつけて実験をしてみる」

「確かにそういうものがあるなら……とは思うが……」

「何かまずいことでも？」

難しい顔をするキルシートへ風太が意図を尋ねる。

すると、クラオーレ陛下が代わりに答えてくれた。

「……魔王侵攻が始まった五十年前に彼らは森へ引きこもって、以来、人前に姿を現す者がほとんど居ないのだ」

婆さんが話してくれたことだな。人間に対して不信感を持ったから共闘をやめたと言っていたな。

「一緒に魔族と戦ったりはしなかったんですか？」

風太は知っているはずだが確認のため質問を投げかけた。

それに対しクラオーレ陛下はため息を吐いてから口を開いた。

「もちろん手を取り合って戦ったさ。しかしその戦いの途中でエルフを攫う悪い人間が出た。それで人間と縁を切るため森へ、というわけだ」

なるほど、単なる不信感でそこまで拗《こじ》れるかと思っていたがそういうことか。

ありそうな話で辟易《へきえき》するね。そこで夏那が『リクの時はどうだったの？』みたいな顔を向けてきたので、手で『あとでな』と返しておく。

「なら、次の目的地は決まりかしらね」

「まさかエルフに会いに行くのか？　彼らは本気で人間を拒絶しているぞ？」

「まあ、船を貰っても使えないんじゃ意味がないですし」

水樹ちゃんが笑いながら言うと、キルシートが口を開いた。

「少数だがエルフは冒険者になったり、町で暮したりしている者も居る。だが、森に住むエルフと会えた人間はこの五十年ほど居ない。あそこは迷いの森とも呼ばれる場所で、気づいたら入り口に戻されていると聞く」

さらにヴァルカが聞いてくる。

「力で押し通るのは逆効果だと思うし、どうするんだ？」

「それは行ってから考えるさ、ヴァルカ。ここで契約したみたいに、俺達のできることで交渉を重ねてみるつもりだ」

「こちらからも人を出そ――」

陛下の提案を、俺は強引に遮る。

「いや、俺達四人だけでいいです。大勢居ると警戒されちまうからな」

「そ、そうか？」

それ以外にも理由はあるが、下手に他の人間がついてくるのを防ぐにはこのほうがいい。

それにしても……。やれやれ、今度はエルフの対応か。前の時とは違ってマイナスからのスタートとは、面倒なことになりそうだ――

◆◇◆

さて、ヴァッフェ帝国の戦いは一応、俺達の勝利で幕を閉じた。

船をすぐに使えないのは痛手だったが、確実に進むための必要なことだと呑み込んでおく。

それとどうなるか分からないが、契約は契約なので港にある船を一艘、俺達のものとして唾をつけておいた。

「あれでよかったのか？」

小さく、古めの船だったため、陛下に少し心配された。

「もし聖木が手に入るようなら外装は交換しますし問題ないかと。それよりレムニティを倒したとはいえ油断はしないほうがいい」

「無論だ。立て直しも必要だが、警戒は怠《おこた》らんようにするさ」

ということで今後は警戒をしつつ、海からの攻めに注意をしていくべきだと進言しておいた。

もちろん地上と空も警戒するに越したことはないが、空を得意とする魔空将レムニティを倒したので、ある程度ならバリスタなどがある帝国が有利だろう。

魔王に対する反攻作戦をするには、やはり海をなんとかしなければいけない。

手札が揃うまで、町の復興と戦力の増強が急務だろうな。メルルーサを倒せれば各国の精鋭を集めて出航するという選択肢も視野に入れられる。

そのために俺達はエルフの森へ行かなければならないわけだが——


「帝国の歴史ばっかりね」

『飽きたぁ！』

「うーん、めぼしい情報はありませんね。僕はこの『メタトイド』という鉱石で出来た武器が気になりますけど」

——ここ数日は城の書庫に籠《こも》っていた。

なぜかって？　そりゃ元の世界に戻る手段を探すためだ。

ま、一番言い伝えが残っていそうなグランシア神聖国でも情報がなかったから、あまり成果は上げられず、すでに夏那とリーチェは飽きていた。

「しっかり調べろよ、お前達のことだぞ？　……と、言いたいところだが、確かにこれ以上は意味がなさそうだな」

「むしろエルフの森のほうに情報があるかもしれませんよね？」

水樹ちゃんが妙に文字の多い本に目を通しながらそんなことを言う。

確かに彼らは長寿だし色々な出来事を知っている可能性は高い。前の世界では石碑とかに刻まれていたっけな。

生きた化石は言いすぎかもしれないが、五十年前どころかさらに前の出来事を知っているエルフもきっと居る。

よし……俺は本を閉じながら三人へ話しかける。

「町の片づけもある程度落ち着いたようだし、そろそろ出発するか」

「そうしましょ。あたし、早くエルフを見てみたいし！」

「……素直に姿を見せてくれるといいが」

『そうねー』

「え？」

好奇心が勝っている夏那だが、異種族間の関係は拗れると修復が物凄く難しい。そしてそれがエルフならなおさらだ。

さっきと同様の理由だが、長寿であれば確執《かくしつ》が生じたあと、ずっと不満をもったまま生きているわけだからな。

俺の居た世界だとイリスやグラシア王子が上手く間を取り持っていたから、エルフ全体との仲は良かった。

だけど野良のエルフで、人間に不信を持っている奴を味方につけるのは難しかったもんだ。

『前の世界では大変だったんだから』

「でもリーチェって精霊でしょ？　エルフも崇《あが》めてくれるんじゃない？」

『くっくっく、リーチェ様を敬いたまえ……こんな感じ？』

「プッ！」

そんな話をしながら俺達はキルシートの執務室へと赴《おもむ》き、扉を叩く。

「すまない、今いいだろうか？」

「リク殿ですか。どうぞ……っと、全員とは。どうしました？　書庫でなにか発見が？　それとも――」

矢継ぎ早に問いかけてくるキルシートを片手で制してから、訪れた理由を告げる。

「いや、残念だけど収穫《しゅうかく》はなしだ。で、そろそろエルフの森へ行こうと思ってる」

レムニティを倒してすでに五日も城で世話になっているので、話す回数も多いから遠慮しなくていいのは助かるな。

「なんと、もう出発ですか？　魔族の逆襲の恐れがあるかもしれないので、あと三十日は滞在願いたいのですが……」

「長いわよ……」

「気持ちは分かるが目的が決まっている以上、急ぎたい。幹部は倒したし、もし別の魔族が来ても地上戦なら戦えるだろ？」

「ええ、まあ……できれば戻ってきた後は我が国で暮らしてもらいたいものです。では、陛下にもお伝えしなければいけませんので、謁見の間でお待ちください」

今まで助けてきた国の連中と同じことを口にするキルシートに、苦笑する俺達。

ま、敵のボスの首を取った奴に居ついてほしいと考えるのは自然なことだ。

契約ではこの国に縛られないようになっているが、今回の戦いで俺をヴァルカと同じように騎士団長にしたいとか考えているのかもしれない。

しかし、俺がエルフの森へ行くのは帝国にとっての利益になる可能性があるので、引き止めることはないだろう。

「帝国の町がじっくり見られなかったのは残念ね」

「また帰ってくるし、その時でもいいと思うよ」

しばらく謁見の間の前で話しながら待っていると、扉が開かれて中へ入るように促された。

部屋にはいつもの三人がいた。

「来たか。キルシートに聞いたがもう行ってしまうのか？」

中へ入ると陛下がいきなり聞いてくる。

「ええ、エルフとの確執があるなら早めに解消しておきたいですからね。この国はもう大丈夫でしょうから」

俺がそう答えると、ヴァルカが反論してくる。

「そうは言うが、リクの強さは欲しいところだぜ。フウタ達三人で行ってもらうとかできねえもんか？」

「ヴァルカには悪いが、その理由じゃパーティを二つに分けるには足りない。なに、強力な魔族も居なくなったんだ、そんなにビビることでもないさ」

「そりゃそうなんだが、他の幹部が仇討《かたき》ちで攻めてくる、なんてこともあるかもしれないだろ」

ヴァルカが肩を竦めながらそんなことを口にするが、それはフウタが返してくれる。

「……奴らにそこまで仲間意識があると思えないので大丈夫かと。もしそういう連中であれば、今回も仲間と一緒に攻めてきていたでしょうからね」

その言葉を受けて、キルシートが口を開いた。

「ふむ……確かにフウタ殿の言うことも一理ある。陛下、ここは好きに動いてもらうのが一番かと」

「キルシートが判断したのなら俺も異存はない。エルフは一筋縄ではいかんだろうから、リク殿が行くべきかもしれんな」

「一応、グランシア神聖国に寄って知恵を借りる予定です。なんとか聖木を持って帰りますよ。いつになるかは分かりませんが」

俺の言葉にクラオーレ陛下が小さく頷き、出発日程についての打ち合わせを少しだけしてから謁見の間をあとにする。

「聖女様に会うんですね」

そこで水樹ちゃんが確認するように呟いた。続いて夏那が口を開く。

「そう言えば、帝国のことが終わったら一度戻ってきてくれってメイディさんが言ってたもんね」

「夏那の言う通りだ。これから忙しくなるぞ、婆さんの話が終わったらすぐにエルフのところだ。

アキラスに続いてレムニティも始末したし、向こうもそのうち俺達の存在に気づくはずだからな」

「はい！」

風太の元気な返事に満足する。


そのままそれぞれ借りていた部屋へ戻り、片づけてからハリソン達の下へ向かう。

城で寝泊りしている間、二頭共城の厩舎にいてもらっていた。

食材などを積み込むために荷台を厩舎から引っ張り出す。

すると――

「きゅん！」

「わ、なに⁉」

『え？　犬？』

――荷台から白い毛とふさふさの尻尾を携《たずさ》えた子犬が顔を覗かせた。

「わあ、可愛い～！　私、犬が好きなんですよ！　けど、家じゃ飼うなって言われていて。君はどこから来たの～？」

犬が好きだという水樹ちゃんが荷台から顔を出す子犬と目線を合わせて微笑みかける。

そこでリーチェがなにかに気づいたように俺の肩に乗った。

『あら？　ねえリク、この子……』

「ああ、ホワイトウルフだな。この世界にも居るのか」

『いや、そうじゃなくて』

「……ファングに似ているって言いたいのか？」

『あ、そうそう！　でも、わたしが知っているファングより小さいから違うか』

「……いや、そもそも世界が違うんだからそんなわけないだろ？　尻尾の先が緑でちょっと違うし」

『あ、それもそうね』

リーチェがホワイトウルフの子供の頭に着地しながら納得する。

実際、リーチェが知っているファングよりは小さい。

「犬じゃなくて狼さんなんですねー」

「きゅーん♪」

「あたし達が戦っている間に乗っちゃったのかしら？　気づかなかったわね」

「……そうだろうな。とりあえずここで見捨てるわけにもいかないし、しばらく置いといてやろう。森で放してやれ」

「ですね！　リクさんとリーチェちゃんが知っている子に似ているなら、名前はファングでいいかな？」

風太が嬉しそうにそう言うと子狼も嬉しそうに吠える。

「おい、名前をつけると別れにくくなるから止めとけって」

「きゅんきゅん！」

「いいみたいだね。うわ、随分と人懐っこいな、こいつ」

風太が頭を撫でると、もっと撫でろと頭を擦り付ける。

「あたしも！　あたしも！」

とても可愛らしい仕草で水樹ちゃんが骨抜きにされていた。

「えー、飼ったらダメ？」

夏那が頬をふくらませる。

「ダメだ。親が探しているかもしれないだろ」

俺がそういうと『確かに……』と三人ががっかりした顔で子狼を見ていた。

「リク殿、食料はここでよろしいでしょうか？」

「お、ありがとう……って、ヘラルドじゃないか」

食料を運んできたのは俺達と一緒に戦場を駆け回ったヘラルドだった。驚いているとヘラルドが口を開く。

「私にも挨拶をさせてくださいよ、皆さん。色々と勉強させてもらいました。ありがとうございます。フウタ殿達を見て、もっと精進したいと思いました」

「ヘラルドさんの機転もありがたかったです。おかげで船を守れましたし」

そう言って風太がヘラルドと握手をする。

お互い共闘して見えるものもあっただろうから、三人と彼が一緒に行動したのはよかったのかもしれない。

「また戻ってくるのでしょう？　船の件がありますし」

「だな」

「その時はまた稽古をつけてください。お待ちしています」

「物好きだな。ま、それくらいならお安い御用だ」

短い間だったが、信頼できる騎士だと思える仕事をしてくれたな。

「お気をつけて。エルフは好戦的ではありませんが、人間に対する警戒心が強いです。それに、魔法が得意な者が多いと聞いたことがあります」

「ああ。お前達もな。他の魔族が来ないとも限らない」

俺の言葉に、ヘラルドは微笑みながら頷いて、他の騎士と一緒にこの場を立ち去った。

「さて、食料も届いたことだし準備を続けるぞ」

「「はーい」」

「きゅん」

子狼は大人しいな。俺達が準備中に水樹ちゃんが抱っこしていたけど、特に嫌がるといったことはなく、ハリソンとソアラに匂いを嗅がれていたが、それも怖がっていなかった。

ヘラルド達が持ってきてくれた食料を積み終えると、俺達はすぐに城をあとにする。

「お気をつけて！」

「おう！」

門番に挨拶をして町のほうへ馬車が進む。

御者台には俺と風太が座っている。

ちなみに町や城の復旧に手がかかるため、陛下やキルシート、ヴァルカはそっちの仕事を優先するらしく、彼らによる見送りはなかった。

「そういえばよかったの？　報酬で装備とか野営道具とか、新しいのを貰えるって話だったのに」

「金は持っているし、買えばいいさ」

「え、飼っていいんですか!?」

「その飼うじゃない！」

珍しく興奮気味の水樹ちゃんはさておき、エルフの森へ向かう荷物に関して、陛下が色々と用意してくれると言ってくれたのだが、そこはしっかり報酬を貰っているからと俺が固辞《こじ》した。

なぜかといえば、あまりホイホイとものを貰ってしまうと、三人が帝国に親しみを覚えてしまうかもしれないからな。

しかし断りすぎも失礼なので食料だけ貰っていたりする。

「タダより高いものはないってことですね」

「お、それそれ。風太の言う通りだな」

『前の世界でも変な貴族が「おお、我が友リクよ！」とか言って物資を押しつけながら依頼してきたもんねえ』

「ふふ、そんなことがあったんですか？」

「きゅん！」

水樹ちゃんが子狼とたわむれながら聞いてくる。

「イワノフさんのことは言うな」

前の世界の知り合いである恰幅《かっぷく》のいい商人のおっさんは悪い人間じゃなかった。だが距離感がバグっているような人で、何かあるとすぐ俺に頼みごとをしてきたんだよな……もういい歳だろうが、元気でやってるかね。

「あ、そう言えばミーア達は大丈夫かしら？」

「気になるなら一応、顔を見せておくか？」

「そうね、できるなら話がしたいわ」

夏那の要望でタスクやミーア達の様子を見てから町を出ることになり、馬車を宿のほうへ向けて進める。

すると、水樹ちゃんの手から逃れた子狼が俺の膝に乗ってきた。

「うぉふ」

「おっと、どうした？　撫でてほしいのか？」

「きゅんきゅん♪」

「親とはぐれて人間から餌を貰っていたりしたのかもしれないな」

『……』

俺の言葉にリーチェが子狼をじっと見て怪訝な顔をしていると、水樹ちゃんが俺の膝から子狼を抱き上げて尋ねる。

「どうしたの、リーチェちゃん？」

『え？　なんでもないわよ、ミズキ。とう！』

「わふーん！」

「あ、いいなあ。なら私はこうする！」

リーチェが子狼のふかふかな頭の毛に突撃する。それを見た水樹ちゃんも頬ずりを始めた。夏那もそれに交じって、荷台が賑やかになっていた。

俺と風太は苦笑しながら賑やかな荷台から目を外し、再び視線を前に移す。すでに馬車は大通りを進んでいた。

「宿はこっちだっけ。町の風景で覚えていたけど家屋が壊れているから、分からないや」

御者の風太が困った声を上げるので俺が誘導してやる。その途中で屋根が崩れたギルドが目に入った。

「ギルドもボロボロだ……」

「まあ、例外はないってことだ」

レムニティを倒したことで、ペルレ達も過酷な状況ではなくなった。

契約が終わるのかと思っていたが、復興に労働力が必要なのと、他の幹部が来ないとも限らないので、ギルドとの契約はそのまま有効なのだそうだ。

そこから少し移動して馬車が宿に着いた。

「それじゃちょっと行ってくるわね！」

「すみません、ファングちゃんをお願いします」

「きゅん！」

夏那達が宿へ入っていくのを御者台から見送っていると、リーチェが俺の頭の上で口を開く。

『……ねえリク、こっちのファングっていったい何者なの？』

「こっちの人懐っこい子狼だろ？　他になにがあるってんだ？」

『だって、いくらなんでも似すぎてるし。……もしかして魔王と一緒にこっちに来た、とか。わたし達をすぐに受け入れたのも違和感があるというか――』

「俺はまだ受け入れた覚えはないぞ。このまま森で放すつもりだよ。それに、向こうから来たなら子狼なのはおかしいだろ。俺が日本に帰った時は、もうちょっと大人の体つきになっていたし」

『それもそうか……』

納得しているのかいないのか、そんな感じの呟きをするリーチェ。

もしかしたら薄々感づいているのだろう。なんせ俺の分身みたいなものだからな。

だが答え合わせはもう少し先でいいだろう。

『まあファングは可愛いし、いいけどねえ。あ、でもカナ達をミーア……だっけ？　あの子のところへ行かせてよかったの？　あんまりこっちの人間と関わり合いにならないようにって、ずっと言っていたのに』

「それは今でも変わらねえ。ただ、水樹ちゃんのことを考えると、同性の知り合いは居てもいいかと思っただけだ」

『あー』

帰る手段を見つけても、水樹ちゃんが残ると宣言した場合、残る二人も帰らない選択をするのではないかと思っている。

この前の戦いの結果は上々で自信もついた。水樹ちゃんという身内が残るなら自分もと考える可能性は十分にあり得る。

それを決めるのは個人の自由なので、強く望むなら止めることはできない。だが、風太と夏那には俺と違って両親が居るのだから、その選択はしてほしくないんだよな……

「鍵は水樹ちゃん、だな……」

『リクと一緒に前の世界に行ければいいのにね。そしたらミズキも楽に暮らせるのに』

「そういう問題じゃないって」

確かに向こうならツテはいくらでもあるから、ここよりは断然いい。リーチェとそんなことを話しながら、文献を開こうとしたところで、横から声がかかる。

「おや、誰かと思えばリクさんではありませんか」

「んあ？　なんだ、ペルレか」

『おっと……！』

声の主はペルレで、彼女から身を隠すためリーチェが慌てて荷台へ引っ込む。

「誰かと話していたみたいですけど誰も居ませんね？」

「独り言が趣味でな。三人とも宿に泊まっている冒険者のとこに行っているよ」

「そんな趣味がありますかね⁉」

俺が隣に見える宿を親指で指してやる。すると察したようで手をポンと打ってからペルレが話を続ける。

「お見舞いですか。あなた方が居なければもっと死者が居たでしょうし、冒険者を続けられなかった人も居ますから、本当に助かりましたよ。物が壊れても修復すればいいですが、人材は替えがきません。国の財産というやつですね」

「真面目にしていればお前ってまともなのになあ」

「くっくっく……使えるものは使わないと、ね？」

ペルレは怪しげに笑いながらそんなことを言う。

これくらい肝が太くないとギルドの受付、まして戦場に出るようなことはできないか。

「それにしてもわざわざお見舞いに馬車を使うとは贅沢《ぜいたく》ですね、さすがはこの国を救った英雄様……この後はどうされますか？」

ペルレはそんなことを言いながら御者台に乗ってくる。

「おい、やめろ。くっついてくるな。俺達はこのままグランシア神聖国に行った後、エルフの森で一仕事なんだ。だからこのまま出て行くぞ」

「は？　……え、出て行くんですか⁉　ちょ、なんで言ってくれないんですか！」

「ギルドとの契約じゃなくて、陛下との契約だったたから、特に言う必要ないだろ」

「ええー、リクさんとこれから親密になっていく計画が……!!」

「そんなくだらねえ計画を考えてたのかよ!? なんで俺なんだ？」

「そりゃちょっと歳は離れていますけど、落ち着いていて、いかにも大人って感じじゃないですか。というか強いし、お金を持ってるし？ あと、お金持ってるし！」

金のことを二回も言いやがった。

まあこういう世界において強《したた》さと金が重要だというのはよく分かる。ペルレもまあまあ美人な顔立ちをしているが――

「ないな」

「なんで!? あ、でも船は？」

「また取りに来る。けどお前には教えない」

「ぐぬ……」

ペルレにそう言ってやると、ちょうど三人が宿から出てきた。

「おまたせー！ って、ペルレじゃん！」

「うおおお……わたしは幸せになるんですよ……!!」

「あんたじゃリクは無理だっつーの……！」

俺の腕にしがみつくペルレを、夏那が引き離そうとする。

「ほら、離れろ。グランシア神聖国まで時間がかかるんだからさっさと出発したい」

俺が夏那と一緒にペルレの手を外すと、すぐに風太が俺と入れ替わりで御者台に座り、夏那と水樹ちゃんがブロックに入ってくれた。

「油断も隙もないですね！」

「じゃーねー！」

「ノウ!?　小娘共め、わたしの邪魔をする……！」

「リクにその気がないんだから諦めなさいよね。またねペルレ！」

「あああああ!?　カムバーック、お金！　もといリクさぁぁぁん!!」

なぜか地面に座り込んで手を伸ばし、悲劇のヒロインを気取って叫ぶペルレは町の人に苦笑されていた。

まあ、『惚れっぽいねえあんたは』とか言われているからいつものことなんだろうな。

「どこにでも現れますね」

「お前も言うようになったな、風太。で、あいつらはどうした？」

「うん……体は元気だったけど――」

俺がミーア達のことを聞くと、水樹ちゃんが少し顔を曇らせて報告をしてくれた。

若干、心が折れているような感じだったらしい。特にミーアは同い年くらいの夏那と水樹ちゃんが活躍していたので、実力不足を痛感しているそうだ。

「まあ、そういう奴はいくらでも居たからな。あとはあいつら次第……辞めるも自由、それがこの異世界ってやつだ」

三人を元の世界に戻したがっていた俺のセリフでもないかと、荷台に寝転がっていると風太が口を開いた。

「そうですね、僕達も腕を磨かないと……帰ってきたらタスク達と訓練でもしてみようかな」

「ヘラルドも名残惜しそうだったし、船ができるまでそうやって過ごしてもいいかもな」

「さて、それじゃ聖女様のところへ戻りましょうか」

「きゅんきゅん」

「この子をどうするかも決めないとですね……」

夏那と水樹ちゃんがそれぞれ呟いたところで城下町の門を抜ける。

遠回りにはなったが、帝国では収穫があったので俺的には満足な結果だ。

荷台の後ろから見える帝国の町を見ながら、俺はそう思うのだった。

第八章　再び旅へ

――ヴァッフェ帝国城の一室――

「彼らは旅立ったか」

「ええ、先ほど町を出ました。よかったのですか、監視もつけずに行かせて」

「俺もそれを考えたが、リク殿には見破られる可能性が高い。それで彼がへそを曲げたとなれば、利用できなくなる」

クラオーレはキルシートの質問に答えながら、彼の持ってきた書類を受け取る。

リク達は手元に置いておきたい人材だとは、クラオーレはもちろん、全員が思っていた。船を置いているとはいえ、ここへ帰ってくるという確証はない。

そのため万が一のための援軍として、秘密裏に部隊を動かして監視してはどうかとキルシートが進言していたのだった。

「ヘラルドなら共に戦っていましたし、連れて行かせてもよさそうでしたが」

「いや、彼らはあの四人で成り立っている。余計なことはしないほうがいい。それに――」

「それに？」

「リク殿はもしかすると『勇者』というやつかもしれん。好きにさせておいたほうが俺達に利がある……そう考えている」

クラオーレがそう言って笑うと、キルシートが片眉を上げながら口を開く。

「勇者……ですか。もう何十年も前に召喚の儀式が途絶えてから久しぶりに聞きましたね。その場合、一体誰が召喚したのでしょう？」

「それこそグランシア神聖国かもしれん。聖女と知り合いのような口ぶりだしな。とにかくあの強さは魔王を倒す布石となると俺は考えている」

「それについては私も異論はありません。素性はどうあれ悪い人物ではないようですし、義理堅いところも好感が持てます。しかし……」

「なんだ？」

「やはり魔王討伐は大陸統一の大きな口実です。リク殿が魔王に迫る前に協力を仰いで戦闘国家である我々が大陸を統一してから攻め入るべきかと」

「……そうだな、エルフの森から彼らが戻ってきたら考えてみるか」

実際、幹部クラスを倒せるリクが手伝ってくれるなら、大陸統一の確率は格段に上がる。

船を提供し海の幹部を倒せることができれば、魔族の侵攻を遅らせることができる。

いや、反攻にも出られるとクラオーレとキルシートは考えていた。だから、リク達の頼み事は拒まず、できる限り友好的な関係を保っておきたい。

もしなにかのミスでリクが敵に回ったら、帝国に勝ち目はない。

自分達で倒せなかった幹部を倒せる人間を相手にする愚行は避けねばならないのだ。

「まあ、彼らのいい報告を待とう。……というかヴァルカはどうした？」

「あ……いえ、先ほどペルレのところへ行って、リク殿に求婚するところを見てしまったとかで落ち込んでいます」

「なんと情けない……が、それも奴らしいか……」

そう言ってフッと笑うキルシートを見て、クラオーレは苦笑する。

幹部は倒したが戦いはまだこれからだと、クラオーレは今後の計画を頭に浮かべていた。

ヴァッフェ帝国は野望成就《じょうじゅ》のために行動を開始する――

◆　◇　◆

「っと、だんだん魔物を倒すのに慣れてきました」

「いい魔法の制御だったぞ、風太。帝国での戦いで間違いなく成長している」

「ありがとうございます！　リクさんにそう言ってもらえると嬉しいですね」

——俺達はグランシア神聖国まで来た道を戻っていた。

その道中に出てくる魔物は三人に任せることにしているが、来る時と比べ思い切りがよくなった気がする。

港でガドレイとやり合ったとは聞いているが、実際に三人の戦いは見ていない。

しかし、風太の魔法はかなり上手くなったと感じたので、素直に褒めておく。

「で、喋る人型の敵と戦った感想はどうだ？　魔物とは違うだろ」

「んー、無我夢中《むがむちゅう》だったからあんまり覚えていないけど……」

「けど？」

夏那がそう言って考え込む。

「……リクの教えは本当だったということと、倒したことを喜んじゃいけないって思った、かな」

「うん。夏那ちゃんの言う通りだと私も思う」

「僕があいつの首を刎ねてトドメを刺しました。その……リクさんの言う通り、あれは慣れていいものじゃないと感じました」

命を奪うという行為に人も魔族も魔物もない。殺すということはそういうことなのだ。三人とも上手く口にできていないが、感覚として『勝ったとはいえ気持ちのいいものではない』と思っているようだ。

　力が強くなるのは嬉しいものだが、それで増長してしまえば、いつか足をすくわれる。

「結局、どっちの主張も譲れない以上、やるしかないのよね。でも、殺す以外に方法があったかもしれないじゃない」

「レムニティもガドレイも、話が通じそうかなというのもありましたしね」

「その気持ちを持っていれば問題ないさ。殺さないと殺されるという場面ももちろんある。見極めは難しいが、その時の判断をした自分自身を肯定してやれ」

「あ、はい」

「俺が居る限り、殺し続けて心が潰れるようなことはさせないけどな。あとは、できるだけ戦いを避けるように動くことを意識すべきだ」

「そうですね。やっぱり人間や、意思の疎通ができる相手と戦うのは怖いですし」

　水樹ちゃんが困った顔で笑うと、風太と夏那も真剣な顔で頷く。

　今後どうなるか分からないが、誰かがストッパーになってくれる期待もある。

　俺の時は現代人が俺しかいなかったから、周りに流されることばかりだった。俺を含めて価値観が近い同郷の人間が居るなら、誰かが止められるだろうからな。

　ひとまず今回は大活躍だったので、三人については合格点をあげたい。

　ただ、今回は問題が別のところにある。

「レムニティだけでなく、ガドレイも居るとはな。前の世界で戦った幹部が他にも居ると思っていい。もしこの先、グラジールという魔族と遭遇することがあったら、そいつとは俺が居ない状況では絶対に戦うな」

「どんな奴なの？　強いってこと？」

「魔族らしい魔族だな。残虐で、こっちを殺すことに躊躇《ちゅうちょ》がない。気に入った相手は嬲《なぶ》り殺しながら笑う……そんなイカれた野郎だ」

俺の言葉に風太が冷や汗をかきながら言う。

「レムニティはまだ話が分かる方だったんですね……」

「だな。大幹部のハイアラートという奴なんかもまだ話はできるが、あいつも魔王様万歳って感じで人を殺すことにためらいはなかったからな。一回だけ共闘したけど」

「え、なにそれ、面白そう！　聞かせてよ！」

夏那が御者台に身を乗り出して歓喜の声を上げ、俺はいらんことを言ったなと肩を竦める。

さてどうしたものかと考えていると、荷台の後ろが騒がしいことに気づく。

「きゅん、きゅきゅん！」

『あんたはさっきおやつを食べたでしょ！　これはわたしのなんだからあっちへ行きなさいっての！　ほら、リクが待っているわ』

「きゅきゅん！」

『あ、ちょ、狙いはわたし!?　た、助けてミズキ！　食べられちゃう!!』

「ふふ、仲がいいなあ。うらやましいかも？　おいでファング」

「きゅ～ん♪」

『ふう……ファングめ、覚えていなさいよ……』

「なんで不穏なのよ。リーチェ、あたしの頭に乗っていれば？」

『そうするー』

そんな風にリーチェがファングと戯れていた。

賑やかな馬車の旅が始まったようだ。

もう名前をつけて可愛がっている時点で、ファングを捨てることは難しいなと思いながら、俺は前へ視線を移す。

――俺の知る魔族と、俺の知らない魔族が混在する世界。

アキラスは向こうには居なかった。別の世界から招待されたのか？　……いや、レムニティはアキラスを知っていた。

ということは俺が知らないだけで、前の世界にも存在したのかもしれない。

前の世界の記憶がないレムニティも気にかかる。

謎はまだ解けそうにないなと、再びグランシア神聖国を目指すのだった。

◆　◇　◆

――深い森の中――

「……ここがエルフの森か。神聖国の書物に強力な魔法があると言い伝えが残されていたけど、本当かしら……？　いえ、まずは確認をしてからだわ。誰か！　声が聞こえたらお返事をお願いします！　私の名はフェリス！　グランシア神聖国の聖女候補の一人です。魔族を倒すため、協力をお願いにまいりました――」

子育てしながら冒険者します
異世界ゆるり紀行
1~15
水無月静琉
Minazuki Shizuru
シリーズ累計
110万部(電子含む)突破!!
2024年待望のTVアニメ化!
1~15巻
好評発売中!
コミックス
1~8巻
好評発売中!
子連れ冒険者ののんびりファンタジー!
神様のミスで命を落とし、転生した茅野巧。様々なスキルを授かり異世界に送られると、そこは魔物が蠢く森の中だった。タクミはその森で双子と思しき幼い男女の子供を発見し、アレン、エレナと名づけて保護する。アレンとエレナの成長を見守りながらの、のんびり冒険者生活がスタートする!
異世界ゆるり紀行 子育てしながら冒険者します
水無月静琉
転生したら、双子を保護しました。
子連れ冒険者の異世界のんびりファンタジー!
特別賞受賞作!
異世界ゆるり紀行 子育てしながら冒険者します
水無月静琉
みずなともみ
転生したら、幼い双子を保護しました。
シリーズ累計15万部!!
●各定価:1320円(10%税込) ●Illustration:やまかわ
●漫画:みずなともみ B6判 ●各定価:748円(10%税込)

Re:Monster
リ・モンスター
1〜9・外伝
8.5
暗黒大陸編1〜3
金斬児狐
Kanekiru Kogitsune
シリーズ累計
150万部
(電子含む)
突破!
TVアニメ化
決定!!
ネットで話題沸騰!
怪物転生
ファンタジー
最弱ゴブリンの下克上物語 大好評発売中!
【小説】
1〜9巻／外伝／8・5巻
◉各定価：1320円（10％税込）
◉illustration：ヤマーダ
新章
【小説】
1〜3巻（以下続刊）
◉各定価：1320円（10％税込）
◉illustration：NAJI柳田
コミカライズも大好評!
【漫画】
1〜10巻（以下続刊）
◉各定価：748円（10％税込）
◉漫画：小早川ハルヨシ

この作品に対する皆様のご意見・ご感想をお待ちしております。

おハガキ・お手紙は以下の宛先にお送りください。

【宛先】

〒150-6008 東京都渋谷区恵比寿4-20-3 恵比寿ガーデンプレイスタワー 8F
（株）アルファポリス　書籍感想係

メールフォームでのご意見・ご感想は右のＱＲコードから、
あるいは以下のワードで検索をかけてください。

アルファポリス　書籍の感想　検索

ご感想はこちらから

本書はWebサイト「アルファポリス」（https://www.alphapolis.co.jp/）に投稿されたものを、改題、改稿、加筆のうえ、書籍化したものです。

異《い》世《せ》界《かい》二《に》度《ど》目《め》のおっさん、どう考《かんが》えても高《こう》校《こう》生《せい》勇《ゆう》者《しゃ》より強《つよ》い3

八神 凪（やがみ なぎ）

2023年　12月　31日初版発行

編集ー高橋涼・村上達哉・芦田尚
編集長ー太田鉄平
発行者ー梶本雄介
発行所ー株式会社アルファポリス
〒150-6008 東京都渋谷区恵比寿4-20-3 恵比寿ガーデンプレイスタワー8F
TEL 03-6277-1601（営業）　03-6277-1602（編集）
URL https://www.alphapolis.co.jp/
発売元ー株式会社星雲社（共同出版社・流通責任出版社）
〒112-0005 東京都文京区水道1-3-30
TEL 03-3868-3275
装丁・本文イラストー岡谷
装丁デザインーAFTERGLOW
印刷ー図書印刷株式会社

価格はカバーに表示されてあります。

落丁乱丁の場合はアルファポリスまでご連絡ください。

送料は小社負担でお取り替えします。


ISBN978-4-434-33108-4 C0093